KB028453

엄마가
호호호 웃으면
마음 끝이
아렸다

엄마가
호호호 웃으면
마음 끝이
아렸다

펴 낸 날   2023년 1월 10일 초판 1쇄

지 은 이   박태이
펴 낸 이   박지민
책임편집   김정웅
책임미술   롬디
마 케 팅   박종천, 박지환

펴 낸 곳   모모북스
          서울특별시 동대문구 왕산로81, 203-1호(두산베어스 타워)
          전화 010-5297-8303 팩스 02-6013-8303
          등록번호 2019년 03월 21일 제2019-000010호
          e-mail pj1419@naver.com

ⓒ 박태이, 2023
ISBN 979-11-90408-31-8 03810

그럭저럭한 하루도 우리가 웃을 때 달라졌다

엄마가
호호호 웃으면
마음 끝이
아렸다

박태이 지음

모모
북스

사랑을 알아들으세요?

내가 아닌 타인 중 가장 자주 관찰하는 사람들은 역시 가족들이다. 내가 그들을 응시하는 건 그들을 제대로 이해하고 싶기 때문이다. 아무래도 나는 그들을 잘 모르는 것 같다.

엄마와 아빠는 밖에서는 호인이라도 두 분만 있을 땐 자주 다투신다. 다투는 사유는 여타 부부들과 비슷하다. 그것을 사랑이라 부를 수 있을까? 두 분 다 조금만 거들어드리면 아주 신나게 이야기를 하신다. 이미 표정에서 상대를 탐탁지 않게 느끼는 투가 역력하다. 한참을 듣다 보면 '대체 왜 저러는지 모르겠다'는 것이다. 이제 노인이라 부를 만한 부모님은 예전처럼 상대를 배려하거나 챙기기에는 많은 인내심이 필요한 것 같다. 본인의 체력이 쉽게 바닥나서이기도 하겠다. 하지만 그보다는 참을 만큼 참았는데 이제 같이 살날이 얼마나 남았다고 '내가 이런 말도 못 하나?' 또는 '이번엔 당신이 참을 차례야!' 하는 마음인 것도 같다.

이는 엄마와 아빠가 나이 들어가며 생긴 변화인 것 같기도 하다. 엄마와 아빠는 서로에게 보이는 늙음의 징조를 자주 거론한다. 앱으로 시뮬레이션 해 보지 않아도 나는 두 분의 얼굴을 가까이에서 보며 나이 들어간다는 물리적 느낌을 이해한다. 하지만 정작 두 분은 그걸 모른다. 함께 살아가는 상대방이 늙어가는 모습을 서로 관찰하더라도 자신은 그렇지 않은 완벽한 상태라고 생각하는 태도는 아이러니하다.

우리는 누가 뭐래도 시간을 함께 흘러보내 왔다. 원했든 원하지 않았든 웃긴 일과 슬픈 일과 감당할 수 없는 일과 감당할 수 있는 일들 사이에서 원하지 않아도 시간은 흘렀다. 그 일들에 대처했던 그들의 뻔한 방식을 안다. 하지만 그 일들 사이에 남겨진 서로의 마음은 잘 알 수 없었다. 모든 건 돌아보니 순식간에 지나가 버렸다. 어쨌든 어떤 방법을 써도 그 모든 일을 간직할 순 없을 것이다. 그중 몇 가지만 우리에게 남길 수 있다면 모를까. 예를 들면 이런 순간은 남기고 싶다.

매번 싸우고 또 농담하는 엄마와 아빠지만 가끔 어느 날은 딸이 있든지 없든지, 남사스러워하지도 않고 서로를 물끄러미 바라본다.

"여보, 언제 이렇게 나이 먹었어. 그 곱디고왔던 얼굴 다 어디 가고."
"세월이 다 데려갔지. 당신도 살 많이 빠졌소. 풍채 참 좋았는데."

아빠는 충혈된 눈을 검지로 비벼 휘휘 돌린다. 엄마는 그런 아빠에게 넌지시 덧붙인다.

"지금도 훌륭해요. 괜찮소."

그러면서 엄마는 깔깔 웃는다.

"그럼. 지금도 밖에 나가면 칠십으로밖에 안 봐. 당신도 얼굴에 검버섯 좀 빼지."
"그럽시다. 임플란트 마치면 고기도 먹으러 갑시다."
"응, 그리고 당신 어디 가고 싶은 데 없어? 우리 여행 가지."
"어디로요?"
"글쎄올시다. 크루즈 여행 어때?"

엄마는 대답이 없다. 나는 엄마가 옳다고 생각한다. 이 이야기는 어제도 했던 얘기다. 한 달 전에도 했던 얘기다. 하지만 우리는 여행을 가지 못한다. 안부를 전하기 바쁘게 각자의 생활로 들어간다.

자주 인생은 우리를 예상치 못한 곳으로 데리고 간다. 우리는 그 무엇도 예측하기 어려운 인생을 살고 있다. 약속이 지켜지는 날이 올 때까지 우리 모두 무탈할 수 있을까. 치과 치료를 마무리하고 맛있게 고기를 먹으러 가자는 약속도, 피부과에 가서 젊어지자는 약속도 모두 다 지켜질 수 있다. 반대일 수도 있다. 지켜지지 않는 걸 자연스럽게 받아들여야 할 것이다. 하지만 어쩌면 그 약속이 평범한 가족의 평범한 오늘을 지탱할 수 있는 비빌 언덕인지도 모른다. 그래서 그런 말들을 가만히 듣는다. 지겨울 때까지 듣는다. 너무 일상적이라 사랑이라는 걸 몰랐던 말들은 문득 사랑이라 깨달을 수 있을 때까지.

아버지의 "후회 없다."는 말은 자기를 걱정하지 말라는 뜻이다.

엄마의 "춥다, 따숩게 입어라."는 새벽의 연락은 자식의 안부를 묻는 그녀의 마음이다.

엄마가 아버지에게 묻는 "밥 먹었어요?"는 식구의 하루를 챙기는 안부 인사다.

너무나 한결같은 말들을 수십 차례 반복해 들으며 생각한다.

사랑에는 시대가 없구나.

사랑에는 유행도 없구나.

이 사랑의 숨은그림찾기는 너무 뻔해 답이 아니라고 생각해왔다. 낯부끄러움이 가려놓은 이 사랑의 언어를 드디어 찾아낸 후에 내가 표시할 사랑의 언어는 무엇일까. 사랑하는 이들에게 수십 번이고 말할 내 사랑은 어떻게 표현되어야 할까. 이 글을 읽는 당신에게도 이 질문을 던져보겠다. 그것이 앞으로 읽을 이 한 권의 이야기에 대한 시작이다.

22년 겨울

박태이

목차

2장

우리는 사소하게 사랑해야 한다

3장

당신을 어루만지는 순간

4장

다정함으로부터의 초대

5장

오늘도 안녕해

사랑하고
미워하고
사랑하는

1

"아유, 나도 엉덩이까지 오는 잠바 하나 있었으면
좋겠다."

며칠 전 아빠의 경량 패딩 조끼를 하나 샀는데 그
택배가 도착을 했다. 아빠가 입어보시고 좋다고, 사
이즈가 잘 맞는다고 고맙다고 말씀하시는데, 엄마
가 식탁 건너편에서 식사를 하시다 말고 불쑥 끼어드
신 것이다. 입던 잠바 소매가 헐어서 새 잠바가 필요
하시다는 이야기를 때를 잘 맞춰 민망하지 않게 하
고 싶으셨나 보다. 아마도 말투로 미루어 보아 기회

만 되면 말씀하시려고 벼르고 계셨던 것 같았다. 아빠가 경량조끼를 입고는 이리저리 매무새를 살피시는데 거기다 대고 요샌 사람들이 이런 걸 다 입고 다닌다느니, 당신은 예전부터 패션을 모른다느니 등등의 잔소리를 한 바가지 이미 뱉어내셨을 때부터 엄마 옷을 함께 사지 못한 게 죄송스럽긴 했었다.

"…… 안 그래도 보고 있었어요."

겉치레로 한 말은 아니었다. 포털 사이트에서 이미 구매한 제품과 연관 추천으로 최저가 할인이라며 여성 패딩들도 줄지어 이미지가 떴기 때문이다. 그러나 정작 엄마가 그런 말씀을 하시자 어쩐지 화가 나는 기분이었다. 엄마의 패딩이 헐었는데도 그것도 모르고 지나쳤다는 미안함이 무안함으로 바뀌는 순간이었다. 동시에 이미 작년에 사드린 패딩이 있다는 게 생각이 났는데, 다시 새 옷을 찾으시는 모습에 마음이 좀 답답해지기도 했다.

"작년에 사드린 패딩을 입으시면 어떤가요?"
"그건 허벅지까지 오는 기장이라, 불편해서. 더 짧아서 입고 벗기 쉬웠으면 좋겠어."

네, 하고 대답을 한 뒤에 잠시 더 검색을 해 봤지만 너무 다양한 제품이 떠서 결정이 쉽지 않았다. 적당히 골라 사드려도 잘 입고 다니시는 아빠와는 달리 엄마는 옷을 받아들이는 과정이 까다롭다. 목이 올라온 제품, 모자가 달린 제품, 허리 라인이 들어간 제품 등등을 이래저래 직접 보여드리기도 하고 상세 페이지를 살피며 골라보기도 하다가 옆에서 아이들이 다리를 잡고 보채는 바람에 "다음번에 해요." 하고 접었다.

"그래, 그럼 그냥 둬라." 하고 엄마도 다시 고개를 숙이고 식사를 재개하시며 마음을 접으신 것처럼 말씀하셨지만, 마지막 '둬라'라는 말끝에 뾰족한 투정이 붙어 있었다. 눈치를 보며 나는 다시 짬을 내어서 검색을 시작했고 페이지 스크롤을 한참 내리다가 엄마가 찾는 스타일의 점퍼를 발견하고 곧바로 주문을 넣었다. 다음 날 저녁 신속하게 도착한 택배를 뜯어 착장을 해 보신 엄마는 흡족한 미소를 지으신 후 고맙다는 말을 남기고 사뿐한 발걸음으로 집으로 돌아가셨다.

이런 일들은 점점 빈번해지고 있다. 지난번에는 내일이 제 월급날이니 회를 포장해 와서 함께 먹으면 어떻겠느냐고 물었다. 아빠는 찬성하셨지만 엄마는 괜찮다며 그냥 두라고 하셨다. 아빠가 엄마가 외출했다 집에 늦게 돌아왔다는, 그다지 별것 아닌 일로 벌컥 성을 내셨고, 그 후로 엄마는 기분이 몹시 상하신 것이다. 화를 낸 아빠는 이미 기분이 부드럽게 풀려 있었지만 엄마는 전혀 아니었다. 그때도 "괜찮다니까. 뭘 그런 걸. 먹지 말자."라고 하실 때 '다니까'와 '말자'라는 말끝에 들어 있던 짜증으로 분위기가 심상치 않다는 걸 직감할 수 있었다. 집에 돌아가실 때까지 회를 포장하는 것은 별일이 아니며, 언제든지 드시고 싶다면 내일 낮에 전화만 주시라는 당부를 거듭하고 기분을 풀어드린 끝에 다음 날 한 통의 문자를 받았다. '어제 고맙다. 저녁에 회 먹자.' 하루 만에 드디어 엄마의 화가 풀린 것이다. 나는 안도했다.

엄마는 모든 걸 나와 아빠에게 맞추던 예전과는 달리 서운한 기분을 이제 숨기지 않으신다. 또한 언젠가부터 나는 엄마를 조심히 대하고, 힘든 느낌이 들어도 괜찮다는 말로 최대한 티를 내지도 않게 되었다. 나는 이제 아빠뿐만 아니라 엄마도 나이가 들어간다는 느낌을 온몸으로 받는다. 숫자로 치면 아빠가 엄마보다는 더 나이가 많으시지만, 엄마가 자신의 감정을 고스란히 드러내며 변해가는 모습에서 실제 나이와 상관없이 엄마만의 세월이 그만큼 흘렀음을 인정해야만 할 것 같다.

나와 엄마에게도 그런 상황이 반대였던 때가 있었다. 한 십 년 전쯤에 나는 엄마에게 서운한 일이 있으면 그대로 표출을 했고, 엄마는 서운하더라도 외면하며 이십 대의 나와 정면충돌하는 일들을 피했다.

그 당시의 나는 엄마가 읽었으면 싶은 책들을 골라 선물하기도 했고, 내가 자주 가는, 그러니까 이른바 젊은 사람들이 자주 갈 법한 음식점에 엄마를 데리고 가 밥을 함께 먹기도 했다. 엄마는 내가 드린 책을 훑어보고 '재밌을 것 같다'고 평했지만 다시 읽지는 않았고, 함께 간 음식점에서는 담담히 드시긴 했지만 '맛있다'고 말하지는 않았다. 어쩌면 그것은 내가 이기적으로 바라는 젊은 엄마의 모습이었다. 또한 친구 역할의 확장판이기도 했다.

필요할 때는 엄마에게 기댔고, 또 그렇지 않을 때는 쉽게 뒤돌아 내 영역으로 들어와 버렸다. 그래도 되었다. 엄마도 나도 각자 충분히 독립적으로 지낼 수 있었기 때문이다. 하지만 차이는 있었다. 나는 어른이라 스스로 여겼고 엄마는 아직 나를 자식이라 여겼다. 나에게는 엄마와 나 사이가 어떤 희미한 공통점으로라도 연결되기를 바라는 마음이 있었지만, 정작 엄마는 자신의 삶 중 일부로서 딸을 대했다는 걸 이제야 알 수 있을 것 같다.

　아이를 기르면서 이 관계는 다시 변하기 시작했다. 늘 엄마는 나를 위해주었고, 딸이 고생한다고 토닥여주었다. 나는 엄마가 하는 노동의 어려움을 토닥였다. 서로 눈에 보이지 않는 격려를 주고받았다. 내가 엄마에게 스킨을 사주면, 엄마는 내게 옷을 사주었다. 후줄근하게 다니지 않기를 바라는 마음을 "내가 사주고 싶어서 그래."라는 말에 담아 보답은 암묵적으로 돌고 돌았다. 그러는 사이에 아주 미세하게 나는 엄마를 이전보다 더 알아가게 되었다. 내가 엄마가 되었고, 단순히 여자로서가 아닌 여성으로 살아가는 일이 쉽지 않다는 걸 이해하기 시작했기 때문이다. 돌아보면 그 시기가 우리가 가장 균형적으로 동료처럼 지냈던 시절이 아닐까 싶은 생각이 든다. 엄마와 내가 맞잡은 끈은 단단하고 팽팽하게 서로를 지탱하며 나란히 걸어갈 수 있게 만들어 주었다.

　이제는 엄마가 기분 상하거나 속상해할 일을 만들지 않는다. 엄마의 기분과 컨디션을 먼저 살피고, 별일이 있다면 이야기를 들어드린다. 해결되지 않는 은행 업무를 처리하고 보험 약관을 읽고 해석해드리고 필요한 가전제품이나 물건들을 비교해서 골라 드린다. 필요한 한글 문서를 작성하기도 하고 핸드폰 요금을 살펴드리기도 한다. 엄마에게 필요한 물건을 사드리면, 고맙다고 하시고 "얼마냐?"라고 묻는다. 나는 "뭘요. 됐어요, 엄마." 라고 대답하고 엄마는 "알겠다." 하신다.

엄마는 예전보다 자주 아프시고 병원에 모시고 가야 할 때도 있다. 병원에서 검사 받는 엄마를 대기실에서 기다리는 동안에, 엄마가 이 낯선 장소에 오래 머문다면 얼마나 두려워할지 떠올리는 나를 발견한다. 그러나 그런 순간조차도 엄마의 기분에 민감한 딸인 나는 절대 두렵다고 말할 수 없을 것이다. 이렇듯 엄마는 차츰차츰 나에게 많은 부분을 기대고 있다. 소중한 그릇을 두 손으로 꼭 잡는 심정으로 나는 엄마를 조심조심 다룬다. 엄마를 향한 티 나지 않는 배려들을 진작 갖췄으면 좋았을 거라는 후회도 동시에 거기 있다.

친정 엄마가 가사와 육아를 도와주시는 친구들을 보고 있자면 부럽다. 물론 고충을 도움 받을 수 있는 곳이 있기 때문이기도 하다. 그러나 그보다는 아직 엄마에게 자식으로 취급받으며 '힘들어, 도와줘' 하며 응석을 부릴 수 있는 여지가 남아있다는 사실 때문이다. 한없이 어린 자식으로 모든 것을 기댈 수 있는 시기가 이제 지나갔다는 것을 인정해야만 하는 일이 너무나 서글프다. 그런 일을 감당할 정도로 인생의 한가운데로 걸어 들어왔다는 것 역시 서글프다.

2

낮은 천국

외할머니의 오래된 집. 그곳에 갈 때 빠지지 않고
하는 일은 옥상에 올라가 보는 것이다. 어린 날의 명
절에는 외할머니네에 가면 또래의 사촌들과 우글우
글 몰려다니며 옥상에 올라가 한참을 놀았다. 경사
가 가파른 계단을 오르락내리락하는 일 자체가 우리
에게 하나의 놀이였다. 무서움을 딛고 계단을 끝까지
올라가면 탐험할 것들이 옥상 도처에 널려 있었다.
크고 반지르르한 장독들과 제각기 누워 햇볕에 몸을
말리는 고추들, 겹쳐져 완만한 곡선을 이루는 기왓
장, 줄기가 축 처지도록 알이 커진 방울토마토가 우

리를 웃게 했다.

그 옥상은 자연스럽게 나를 열여덟 살의 겨울로 데리고 간다. 그때의 옥상은 어릴 때와 사뭇 달랐다. 혼자가 되고 싶거나 신세가 처량해지면 옥상에 올라가 한참을 앉아 있다 내려오곤 했다. 엄마도 없는데 외할머니 집에 살아야 했던 이유는 단 하나. 갈 곳이 없어서였다. 가지 않을 수 있다면 가지 않고 싶은 곳이었다. 엄마와 아빠는 경기가 좋지 않아 사업에 실패한 후 닥치는 대로 일을 하여 생활비를 벌고 있었다. 나에게 신경 쓸 겨를은 없었다. 처음 갔던 날, 염치가 없어 대문을 겨우 열었을 때 외할머니는 "왔냐." 하며 반갑게 나를 맞아주셨다.

본채에 있는 두 칸의 방 중에서 외할머니는 작은방만 사용했다. 할머니는 보일러 값을 아낀다며 큰방을 아예 비워두었다가 명절이나 손님이 올 때만 사용을 했다. 외할머니는 내게 큰방을 내어주었지만, 얼마 지나지 않아 나는 짐만 두고 작은방으로 갔다. 혼자 자는 일이 너무 견딜 수 없어서였다. 아침이면 할머니가 차려준 밥을 후루룩 마시듯 먹고 밖으로 나갔다. 거의 대부분 학교에서 시간을 보냈고, 오후 식당 알바를 마치고 외할머니 곁에 쭈그려 잠이 들 무렵엔 새벽 두 시가 넘어 있었다.

외할머니가 저녁 8시 반에 드라마를 시청하다 까무룩 잠에 빠져든다는 건 진작부터 알고 있었다. 삐거덕거리는 소리를 내지 않도록 최대한 조심하며 방으로 들어서면 외할머니는 번번이 잠에서 깨어 비몽사몽 한 목소리로 기척을 내곤 하셨다. "왔냐? …… 어서 자라."

나는 하루하루를 버티고 있었다. 잘 짜인 시간표가 있던 학교에서는 적어도 웃을 수 있었지만 아르바이트를 마치고 외할머니 집으로 걸어가는 새벽에는 괴롭고 답답한 마음이 되었다. 엄마는 자주 전화를 하지 않았지만, 한 번씩 용돈을 보내는 날에 전화를 했다가 결국 울먹였다. 번번이 잘 있다고 의연하게 대답하는 딸이 되었다. 같이 울었다면 좋았을 텐데.

내가 울 수 있는 차례는 보통 엄마가 전화를 끊은 다음에야 찾아왔다. 외할머니 집으로 가던 골목길에서는 대체로 울고 있었지만, 대문 앞에 다다르면 어느새 눈물은 말라 뺨이 당겼다. 외할머니가 깨는 게 미안해 도둑 걸음으로 대문을 열던 새벽들도, 자기 전에 옥상에 올라가 꺼지지 않은 동네의 불빛들을 세어보는 일도 점차 익숙해져 갔다.

하루는 마감 시간인 새벽 두 시가 넘어서 단체 손님이 들어오는 바람에 아르바이트가 끝나지 않았다. 새벽 3시가 되자 전화가 걸려왔다. 평소처럼 잠이 덜 깬 목소리의 할머니였다.

"태이냐? 왜 아직 안 와."

전화 내용을 얼핏 들은 사장님은 혼자 사는 줄 알았던 내게 할머니의 전화가 걸려오자 놀라는 눈치였다. 얼른 가보라며 손짓을 했다. 나는 전화기에 대고 속삭이듯 냉큼 말했다.

"지금 가요."

잰걸음으로 집으로 돌아가며 생소한 기분에 휩싸였다. 나는 할머니로부터 챙김을 받고 있었다. 아주 부드럽게. 엄마처럼, 엄마 대신.

다음 날 아침 눈을 뜨자 외할머니는 이미 일어나 마당의 화단에 물을 주고 있었다. 눈을 맞추는 대신 시들시들한 화초에 물을 한 바가지 붓고 마른 잎들을 떼내며 띄엄띄엄 말을 이었다.

"집에 기다리고 있는 사람이 있다는 걸…… 알려줘야 하지 않겠어…… 안 그러면…… 시간도 없이 일을 시키지…….."

7남매를 맨손으로 키운 외할머니는 마음 약한 엄마보다는 세상살이에 빠삭한 분이었다. 외할머니가 고마웠다. 그 뒤로 외할머니가 새벽 2시 10분을 넘기지 않고 전화를 한 덕분에 내 퇴근은 매번 초과 시간을 넘기는 법이 없었다.

적적하게 단둘이 집에 있을 적이면 외할머니는 화분에 물을 주며 내게 두런두런 말을 붙였다. 기꺼이 나는 마루에 앉아 외할머니의 말벗이 되었다. 외할머니는 알고 계셨는지 모르겠지만 꽤 실력이 좋은 이야기꾼이었다. 몇십 년 전이라도 외할머니는 이야기의 구석구석을 다 되살려냈다.

그 많고 많은 이야기들 가운데 내가 가장 좋아하던 이야기가 있다. 엄마의 어린 시절에 관한 것이었다. 그 이야기들은 엄마가 내게 한 번도 해준 적이 없었던 것들이기도 했다. 엄마에게 물으면 엄마는 입버릇처럼 "난 몰라. 다 잊어버렸다. 지나간 이야기를 무엇 때문에 하겠니." 하며 피했던 말들이었는데 난 여러 번을 들어도 결코 질리지 않았다.

"너희 엄마를 잃어버린 적이 있지 않겠어. 밭에 일하러 가면서 너희 외삼촌과 둘을 남겨놨어. 한참 놀다가 외삼촌은 나를 찾는다고 윗길에 있는 이모네 집으로 가버리고, 너희 엄마는 오빠 찾는다고 혼자 집을 나선 거야. 요만하게 작을 때였으니, 길을 제대로 찾을 리가 없었지."

외할머니는 동네 사방팔방을 다니며 밤을 새웠으나 딸을 찾을 수 없었다. 경찰서에 신고를 했다지만 아이 잃어버리는 게 부지기수였던 때였다. 아무리 찾아도 없던 딸을 어떻게 찾을지 궁리를 하던 외할머니는 고등어와 갈치를 각각 한 상자씩 사서 인근의 초등학교를 찾아갔다. 학교에서는 전교생을 운동장에 불러 모은 뒤 인상착의와 용모를 설명하며 그런 여자아이를 본 적이 있느냐고 물었다.

잠시 후 한 아이가 번쩍 손을 들었다. 외할머니는 헐레벌떡 그 집을 찾아갔다고 했다. 가는 길을 묻고 물으며 딸의 이름을 소리쳐 부르며 한참을 가니 길가에 우리 엄마가 쪼그리고 앉아 있었다고 했다. 외할머니가 달려가 딸을 껴안고 비비고 쓰다듬는데 모퉁이에 있던 집에서 한 아주머니가 나왔다. "어젯밤 저 아이가 문 앞에서 계속 울고 있어 데려다 밥을 먹이고 재웠는데, 아침이 되니 밖에 나가 저러고만 있습디다." 외할머니는 고맙다고 사례한 후 엄마를 데리고 돌아왔다고 했다. 엄마가 다섯 살 때의 일이었다.

외할머니는 곧이어 열아홉 살의 엄마도 데려왔다.

"너희 엄마가 얼굴이 참 예뻤어. 예쁘기만 하지 여우 같은 데가 없고 천치 바보 곰 같아. 예전에 삼촌이 대학 가서 자취할 때 밥을 해주라고 너희 엄마를 딸려 보냈어. 그런데 너희 엄마를 보러 삼촌 친구가 매일 놀러와. 알고 보니 너희 엄마에게 좋은 마음을 품었던 거지. 그걸 알고 삼촌이 엄마더러 행실을 제대로 못 한다고 마구 혼을 내버렸다. 그런데 순둥이인 너희 엄마는 그런 소리 한 번을 나한테 안 해. 나중에야 알았지. 그때 그 학생한테 시집을 보내버렸으면 너희 엄마가 이렇게 힘들게는 안 살 건데. 저 좋다는 남자 만나 살도록 내버려 뒀어야 하는 건데. 너희 엄마는 공부도 못 시켜주고 자라는 내내 동생들만 다 키우게 했지. 내가 공부를 시켰으면 너희 엄마도 똑똑하게 살았을 건데. 그래도 만약 그랬으면 태이 너도 태어나진 않았겠지. 안 그래?"

할머니는 마지막 말을 하면서는 나를 흘깃 보며 살짝 웃었다. 따라 살짝 웃었지만, 속으로는 차라리 태어나지 않았으면 좋았겠다고 생각했다. 동시에 '잘 산다는 것'에 대해 생각했다. 바보 같은 엄마. 엄마처럼 살지 않을 거야. 엄마처럼 삼촌들의 인생을 대신 살지 않을 거야. 나는 똑똑하게 내 인생을 살 거야. 정말이지 누군가의 인생을 살지 않을 거야. 다짐하고 또 다짐했다. 내 말을 듣기라도 한 듯이 잠시 말을 멈추더니 할머니는 나를 보았다.

"태이야, 내 딸이라서 하는 말이 아니라……, 너희 엄마는 참말로…… 선녀 같은 사람이다."

아. 선녀. 엄마가 착한 건 바보가 아니라 선녀라서였다. 외할머니의 말에 눈물이 쏙 나올 것만 같았다. 엄마를 나쁘게 생각했던 게 슬프고, 실은 엄마가 착해서 슬프고, 엄마가 없어서 슬펐다. 우리 엄마가 세상에 없는 고운 마음씨를 가졌다는 걸 나만 아는 게 아니라서 슬펐다.

그 후로 엄마가 보고 싶던 날에는 옥상에 올라갔다. 가난해서 내 곁에 없는 게 아니라 하늘에 올라갔다 곧 환한 얼굴로 돌아올지도 모른다고. 잠시라도 동화 같은 생각을 하면 지금 엄마가 곁에 없는 것도 참을 수 있는 기분이 되었다. 비로소 세상에 이야기가 존재하는 이유를 알게 되었다. 슬픔에 빠진 이를 위로할 수 있어서였다.

지금에서야 생각해보지만, 갑자기 사라진 엄마를 그리워한 만큼 외할머니 역시 사랑하는 딸을 그리워했을 것 같다. 누구보다 딸이 잘 살기를. 그리고 그 딸이 환한 웃음을 짓고 외할머니 당신 품을 찾아오기만을 그 누구보다 바랐을 것이다.

우리는 엄마에 대한 이야기로 허전한 시간을 버텼다. 할 일이 없으면 외할머니에게 쪼르르 가서, "할머니, 그때요. 엄마가 어떻게 했다고 했죠?" 하고 물어 이야기를 캐냈다. 외할머니는 두말 않고 "그때 너희 엄마가……" 하며 이야기를 건네주었다. 나는 귀를 쫑긋 세우고 그것을 오물오물 삼켜 뱃속에 감췄다. 엄마가 몹시 고플 때마다 물을 주고 지지대를 세우며 이야기를 고이고이 품었다.

외할머니의 집에서 이야기의 씨앗은 자랐다. 그러나 씨앗은 곧 잊어버릴 만큼 작았다. 당시의 결심과 다르게 그 이후로 별 거 없는 생활을 보냈다. 남들처럼 시험을 보고 취직을 했다. 열심히 살지 않은 것도 아니었지만 딱히 멋지지도 않았다. 열심히 산다고 해서 180도로 달라질 것도 없었다. 세상은 그런 곳이었다. 앉은 자리에서 높아 보였던 벽은 일어서서도 다름없이 높았고, 수월하지 않을 거라 기대해야 실망하지 않을 수 있었다. 그렇다 하더라도 외할머니는 나를 장하다고 치켜세워주고는 했다. "그래도 너희 엄마가 딸 하나는 잘 낳았다."

취직해 월급 받는 일이 최고의 사람 구실인 것처럼 말했지만, 그게 다는 아니었다. 부모의 도움 없이 스스로 제 앞가림하는 일이 대견하다고, 신경을 하나도 쓰지 않아도 저렇게 잘 큰 애라며 동네 할머니들에게도 늘 칭찬만을 듣게끔 해주었다. 외할머니는 내가 애쓰며 살고 있다는 걸 말하지 않아도 속속들이 잘 알았다.

외할머니를 만나고 오면 약간이나마 당당해질 이유를 찾을 수 있었다. 어쩌면 외할머니는 이제 다시 '야무지게 잘 버틴 내 딸의 아이'라는 이야기를 추가하여 각색 중인지도 모르겠다고 생각했다. 할머니의 이야기 안에서 나는 연약했지만 종국엔 씩씩해진 한 여자아이로 누군가에게 전해질 것이다. 이야기는 계속될 것이며 나도 그 안에서 희망처럼 이야기로 남을 수 있다.

옥상에 서자 옹기종기 모여 있는 주택들이 한눈에 들어왔다. 저녁 바람에 옥상 빨랫줄에 걸린 옷들이 넘실넘실 서로 손짓을 했다. 어스름이 점차 짙어지자 하얀색 위로 분홍빛을 덧입은 구름들이 흘러갔다. 짙어지는 하늘이 땅과 점차 가까워져 경계가 사라지는 것처럼 보일 때쯤 집집마다 하나둘씩 불빛이 켜지기 시작했다.

옥상은 내게 이야기의 씨앗을 심어둔 천국과도 같았다. 쓸쓸한 날에도 두려운 날에도 나는 이 옥상에서 불빛을 세며 무수한 이야기를 남몰래 흘리고 내려왔다. 서글펐던 이야기는 버티고 버티며 이만큼이나 튼튼하게 자랐다. 어렸던 나는 어른이 되었고 선녀 같다던 엄마는 무사히 내 곁으로 돌아왔다. 외할머니라는 이야기꾼의 입담 속에서처럼 변함없이. 화려할 것 하나 없는 이 낮은 천국에 우리의 이야기만큼은 오래도록 살아 있었다. 보이지는 않아도 우리를 지켜주며 오래오래 기억될 이야기였다.

3
빈
자
리

한 사람의 '자리'라는 건 어떻게 만들어지는 걸까?
가족이 공존하는 집 안에서 한 사람이 자리를 잡는
과정은 단순하지 않다. 다닥다닥 붙은 네모난 유리창
들 사이에서 자리는 가닥을 치고 엉켜있다. 우리 집
에서 내가 있을 만한 공간은 어디일까? 다른 이들은
나의 자리를 어디라고 기억할까? 또는 다른 이가 너
의 자리라고 규정해 놓은 곳은 어디일까?

내가 살았던 공간 중 최초의 자리로 기억하는 곳
은 204동의 303호였다. 지금은 대부분의 기억이 사라져 버렸다. 더듬어보건대 내가 살았던 그 집의 외부는 하얀 색 5층 건물이었고 붉은색 기와 모양의 지붕이 얹혀 있었다. 현 관문 바로 옆방이 내 자리였고, 거기에서 일하러 가신 부모님을 대신해 집을 지켰던 게 주로 떠오르는 기억이다.

아버지와 엄마의 모습만은 상징적으로 떠오른다. 베이지색 의 융단에 장미 모양의 꽃무늬가 수놓아져 있고, 짙은 색으로 칠한 나무 손잡이가 붙어있던 소파가 거실 한가운데 놓여있었 다. 그곳에 앉아 아버지는 티브이를 보고 엄마는 엎드린 채로 주방 바닥을 걸레로 훔치고 계셨다. 그런 장면이 떠오르면 내가 홀로 있었던 기억들은 거짓말 같다. 아니라고. 그건 심정적인 결과일 뿐이고, 너는 모르겠지만 아버지와 엄마는 항상 네 옆에 있었고 우리는 시간을 함께 보냈다고 말이다. 각자의 자리에 각 각의 방식으로 존재했다고 할지라도.

아버지는 바다를 떠돌다가 사나흘에 한 번씩 집에 돌아왔다. 있지만 없는 사람이었다. 아버지는 새벽이나 한밤중에 기름 냄 새를 풍기며 불쑥 왔다가 또 아무렇지 않게 떠나는 사람이었다. 엄마는 자다가 깨어서 아버지를 맞았다. 어느 날엔 마트에 갔다 가 문을 열면 집에 와 있었고, 자다가 두런두런하는 소리가 들려 눈을 뜨고 나가보면 자다 깬 부스스한 모습의 엄마가 아버지를 맞고 있었다. 아버지가 계실 때면 엄마는 찬장 속에 잠자던 놋그릇을 꺼내어 식탁을 차렸고 아버지가 돌아갈 때는 계절이 바뀌며 미리 챙겨두었던 옷가지, 약초 달인 물, 제철 과일이나 잘 익은 김치 따위를 챙겨 현관에서 배웅했다. 엄마의 태도는 아주 담담하고 익숙했다. 엄마의 모습에서 나는 떠남이란 서운해할 필요가 없는 것이라고 배웠다. 왔던 사람은 다시 가고, 갔던 사람은 또 돌아오니 우리는 이것에 익숙해져야 한다고 은연중에 교육받았다.

일주일에 한 번씩일까, 아버지가 집에 와 있던 하루 이틀 사이에는 집 안의 공기가 다르게 흘러갔다. 낯설고 묵직한 존재가 집 안 소파에 자리를 차지하고 있을 때면 어색함에 알 수 없는 정적이 흘렀다. 평소에 엄마에게 쉬지 않고 재잘대며 이야기를 건넸던 나와 그걸 맞장구치던 엄마도 조용히 지냈다. 단짝 사이에 다른 친구가 끼어들었을 때처럼 불편했다. 엄마와 내가 나누는 대화 주제의 대부분을 아버지는 하나도 몰랐다. 아버지는 간간이 내게 질문을 했지만, 그 선생님이나 친구가 왜 그랬는지를 간단히 대답하기란 너무 힘들었다. 너무 일상적이고 사소해서 일일이 설명하기 어려운 것들이 있다.

엄마와 나 사이의 방해꾼 정도로 여기다 막상 어른이 되어 직장을 다니며 바라본 아버지는 책임감 있는 사람이었다. 시간을 정확하게 지키는 것 이상으로 쉬는 날에도 연락이 오면 바로 출근할 수 있도록 미리 준비했고, 그것은 오랜 회사 생활로 몸에 밴 태도였다. 상사들은 아버지를 믿고 좋아하는 것처럼 보였다. 친근하면서도 예의를 잃지 않는 전화통화로 그걸 짐작했을 뿐이지만 나는 아버지에게 이런 면이 있었나 싶게 놀랐고 서먹했던 친구에게서 새삼스럽게 멋진 모습을 발견한 것처럼 호감을 느꼈다.

그렇다고 해서 아버지가 아버지로서 완전히 좋아진 것은 결코 아니었다. 이해와 사랑은 별개의 문제이며 호감과 기대는 다른 차원이다. 나는 아버지를 이해했지만 사랑한다고 말하기는 어려웠고, 호감은 느꼈더라도 여전히 아버지에게 가족으로서 기대하는 면이 있었다. 내게 있어 가족이란 모름지기 서로 부대끼고 밥을 먹으며 한 공간에서 사는 사람들을 일컫는 말이 틀림없었다. 떨어진 공간에서 살며 간간이 얼굴이나 보고 살아온 아버지의 존재는 제법 큰 후에도 항상 어려웠다. 아니, 갈수록 더어려웠다. 우린 서로 모르는 게 너무 많았다. 가족도 있고, 가족과 함께 지내고 싶었을 아버지였지만 그의 자리는 기관실이며 우리 집은 아닐 거라고 나는 생각했다. 가여운 아버지는 이렇게 나 매정한 딸을 두었다.

늘 일을 하러 떠나는 모습으로 남아 있던 아버지가 처음으로 휴식기를 가진 시기는 내가 아기를 출산한 직후였다. 아버지는 처음에 일주일 정도 쉴 예정이라고 말씀하셨지만 그 기간은 점점 예상치 못하게 길어졌다. 당황한 건 나나 엄마였다.

엄마는 오랜 기간 아버지와 떨어져 사는 동안 확실한 자신만의 생활 영역을 구축하고 있었다. 일터, 목욕탕, 성당 등으로 하루 일과는 빼곡하였고 거기에 아버지가 들어갈 틈은 없어 보였다. 그러나 아버지는 그 집에서 방 한 칸을 차지하였다. 아버지는 아주 쉽게 당연하다는 듯이 자신의 생활을 만들어갔다. 수영장을 등록했다. 텃밭을 일궈 옥수수와 토마토를 심었다. 친구들을 만나 그간의 안부를 물었다. 아버지의 시간은 엄마 못지않게 촘촘하면서도 넘치는 여유가 있었다.

불과 두어 달 사이에 정작 아버지에게 기댄 것은 가족들이 되었다. 뒤늦은 객식구가 되어 엄마에게 밥을 얻어먹은 것은 물론이었지만 그에 걸맞은 보답도 더불어 고민하는 모양새였다.

부탁을 귀찮아하거나 거절하지 않았다. 고구마튀김이나 칼국수를 만들어 엄마뿐만 아니라 나에게도 나눠주었다. 엄마를 시장에 데려다주었고 엄마의 일터에 가서 윗사람들에게 인사를 하며 식사를 대접하기도 했다. 그뿐만이 아니었다. 아버지는 부르지 않아도 큰아이의 하원 시간이 되면 우리 집에 와서 아기들을 돌봐주었다. 출퇴근하는 것처럼 정확히 4시에 초인종을 눌렀고, 7시에 남편이 퇴근해오면 구둣주걱을 들고 신발을 신었다. "네가 고생이 많다."라고 하며, "무슨 일이 있을 때는 언제든 연락해라."라고 무뚝뚝하게 말씀하셨다. 그러나 내가 아버지에게 먼저 연락한 적은 없었다. 아버지에게 완전히 기대지 않은 이유는, 아마도 그런 배려가 익숙하지 않았기 때문이다.

속으로 더 깊숙이 들어가면, 내 마음은 그랬다. 언제 아버지가 떠나갈지 모르기 때문이었다. 나는 보편적으로 그런 방식으로 애정을 방어하고 마음을 접을 준비를 하며 살았다. 사실은 익숙해지지 않는 떠남에 대해서. '가지 마세요.'라고 붙잡아도 아버지는 가야만 했다. 나는 그 불변의 사실을 아는 의젓한 어린이이고 그러므로 헤어져야 할 때가 돌아왔을 때 슬퍼하지 않아야 한다고, 눈물을 보이는 것은 이별이 매번 반복되는 가족의 일상에서 서로의 마음을 아프게만 만들 뿐이라는 게 내 오랜 결론이었다.

아버지가 우리 집을 오가며 나를 돕는 동안 나는 가족이란 무엇일까 궁금해졌다. 같이 살지 않아도 가족이라 부를 수 있는지, 오랫동안 함께 공유한 시간이 없어도 가족으로 받아들이는 일이 쉬운지, 남아 있는 사람들은 그의 자리를 어떻게 지우고 또 생성하는지도 알 수 없었다. 나는 아버지의 빈자리를 부단히 채우려고 노력했기 때문이다. 아버지의 자리가 내 곁엔 없다고 여기는 방법도 그 노력의 한 축이었다.

어쩌면 가족이란 같이 살지는 않아도 추억을 공유하는 사람들일지도 몰랐다. 저녁 식탁에 오징어가 올라왔을 때 아버지는 내 맞은편에 앉아 주장하기 시작했다. "너는 어릴 때 오징어를 좋아했었어." 아버지가 제시한 과거는 근거 없는 단편적인 기억들에 불과하다고 생각했지만 그건 단순한 판단이었다. 아버지는 열 살의 내가 오징어덮밥을 무척 맛있게 먹었던 모습을 설명하기 시작했다. "그때 아마 지원이가 놀러 와서 네가 처음으로 오징어덮밥을 먹어봤을 거야." 그 시절 옆 동에 살던 사촌 동생들과 내가 얼마나 자주 어울렸는지를 아버지는 구구절절 말해주었다. 하루 종일, 정말 저래도 되나 싶을 만큼 온종일 같이 놀았다고 했다. 내가 기억하는 열 살의 나보다는 아버지의 추억이 더 선명했다. 우리는 가족만이 알 수 있는 커다랗고 굵직한 사건들로 연결되어 있고, 그것들은 우리와 시절을 함께했던 사람들을 연결고리 삼아 더 끈끈해져 있었다.

이런 대화들이 거듭되면서 아버지와 나 사이에 내가 만들어두었던 견고한 벽은 천천히 녹아내렸다. 나는 인정할 수밖에 없었다. 멀리 부재중일 때조차도 아버지의 자리가 여기에 남아 있었다는 걸 말이다. 그건 그가 살아 있는 한 언제든 차지할 수 있는 소멸되지 않는 권리였다. 원래 존재했던 그 자리에 돌아와 가장 힘든 때의 나를 도와준 것도 가장 외면하고 싶었던 바로 그 아버지였던 것이다.

우리가 일상 속에서 아버지에게 빚을 지고 있다는 것을 알아차렸을 때 아버지는 다시 돌아갔다. 다만 이번엔 머물던 시간이 길었을 뿐이었다. 아버지는 다시 자신의 기관실로 돌아가던 날에 마트에서 분홍색 귀를 가진 커다란 곰 인형을 사서 우리 집 둘째에게 건네주었다. 아버지는 구두에 발을 집어넣고 구둣주걱으로 뒤꿈치를 돌려 신은 뒤 "건강히 잘 지내."라며 한껏 웃어 보이고 떠났다. 미소는 평소와 다름없었다.

아버지가 간 후로도 그다지 변한 것은 없다고 느꼈다. 순식간에 우리 가족의 생활도 원래대로 돌아갔다. 아버지가 집에 있는 동안 전화가 뜸했던 엄마는 일을 마친 후 나에게 다시 자주 전화를 걸었다. 나는 머리를 허투루 묶고 종일 홀로 아이들을 돌봤다. 아버지는 해왔던 대로 가끔 시간이 될 때 연락했고, 가끔 집에 왔다. 가끔은 피곤한 표정으로, 가끔은 웃음을 띤 채로.

이상하게도 그 일이 그다지 허탈하게 느껴지지는 않았다. 분명히 알게 된 건 아버지가 우리에게 무언가를 남겼다는 점이었다. 엄마는 우리 집에 와 멀뚱히 앉아 있다가 문득 말했다. "너희 아빠가 생전 안 하던 말을 하더라. 돈 많이 벌어와 여행 보내줄 테니 조금만 기다리라 하네." 또 딸의 아이들 돌보는 일을 잘 도와주라고 신신당부했다고 했다. 갑작스러운 엄마의 말에 나는 엄마가 아버지를 떠올렸다는 걸 알 수 있었다.

나는 식탁에 앉아 밥을 먹을 때 건너편에 앉아 계시던 아버지를 간혹 떠올렸다. 보이지는 않았지만 그것이 아버지가 남기고 간 빈자리였다. 그 후로 앉을 사람이 당장 없는데도 오랜 시간 동안 그 자리에는 아무도 먼저 앉지 않았다. 누군가가 굳이 권해야 앉았다. 그 자리는 영원히 아버지의 것이라는 듯이. 아버지를 떠올리는 우리 나름의 방식이었다.

　모름지기 자리란 추상적인 경계였다. 한 사람이 자주 쓰고, 자주 앉던 공간에 그이의 자리가 무럭무럭 자라난다. 그이가 있거나 없거나 매일같이 쓸고 닦으면서도 한결같이 그곳에 남아 있을 것이다. 그렇게 '자리'라는 이름으로 기억은 재편집되어 추억으로 우리 사이에 남아 있다. 그립게 떠올리고 싶은 한 사람의 모습을 그 빈자리에서 찾아볼 수도 있게 된다.

4

마흔의 외동딸

아버지는 1970년대인 당시로써는 꽤 늦은 나이인 서른다섯에 장가를 갔다. 젊은 시절 내내 국외를 돌아다니며 고액연봉자로 생활하다가 '그래도 장가를 가야 하지 않겠느냐'는 주변의 성화에 결국 '괜찮은 아가씨'를 만나 결혼을 결정했다. 그 상대자였던 우리 엄마는 스물다섯의 나이에 생전 처음 와보는 동네에서 결혼 생활을 시작하게 된다. 그것도 시댁과 함께 동고동락하면서. 아버지는 회사의 주 근무지를 국내로 변경하기는 했지만 그래도 집에 오는 건 보름에 한 번꼴이었다. 결혼식을 마치고 아버지가 일을 하러 떠나고 나서, 엄마는 마당에 쭈그려 앉은 채 생선 오십 마리의 비늘을 벗기는 일로 결혼 생활의 첫 임무를 시작했다고 전해진다.

고향을 떠나 자기편도 없이 시집살이를 시작한 엄마에게는 아기가 쉽게 찾아오지 않았다. 겨우 결혼 5년 만에 딸이 하나 생겨 4.5킬로그램으로 태어난 아기가 바로 나다. 아버지는 이미 나이가 들었으므로 자식은 이 아이 하나로 충분하다며 더이상의 욕심은 갖지 않으셨다고 한다. 당시 아버지의 나이가 마흔이었으므로, 그 결정은 개인적으로는 충분히 합당하고도 남았다.

아버지가 결정한 가족의 미래는 꽤 선진적이었던 모양이다. 아버지는 외동딸만으로도 개의치 않았지만 사회적인 시선은 우리 가족을 평범하게 바라보지 않았다. 당시로선 멀쩡해 보이는 집의 티 나는 흉허물은 동네를 타고 널리 공유되었다. 자라는 내내 "아유, 외롭겠다." "형제가 있었으면 좋겠지?"와 같은 말들이 아무리 도망쳐도 내 뒤에 따라다녔다.

시골에 친척을 방문하러 갔다고 치자. 그 동네 할머니들이 삼삼오오 모인다. 긴 줄을 하나 가져와 양쪽에서 잡고는 "남동 생 가져야지. 이 줄을 넘으면 동생이 생긴단다. 어서 뛰어넘어 봐라."라며 나를 붙들어 매었다. 농담인지 진담인지 알 수 없 었다. 하지 않으면 할 때까지 해 보라며 재촉했다. 줄을 넘으면 "동생이 생겼으면 좋겠나 보이." 하며 서로 마주 보며 낄낄 웃어 댔다. 고추를 많이 먹어야 고추를 볼 수 있다 말했고, 네가 소원 을 빌지 않아 아들이 안 생기는 거라고도 했다. 그런 날에는 꿈 에서 낮에 만난 할머니들이 나와 손가락질을 했다. "너 때문에 아들이 안 생기는 거야."

딱히 시골에서만 그런 것도 아니었다. 어른들은 내 얼굴만 보면 '외동'이라는 말이 쓰여 있기라도 하듯이 "쓸쓸해서 어째." "둘은 있어야지." 하며 혀를 찼다. 어째서 내가 이런 말을 들어 야 할까? 나는 누군가의 아이로서 충분하지 않은 걸까? 아니면, 나라는 아이는 남들과 다른 결격사유가 있는 걸까? 어린아이였 던 내가 선택하지도 않았고 그것이 가지는 의미가 무엇인지도 모르는 상태에서 당하는 놀림은 참으로 당혹스러웠다. 참지 않 고 한 번은 나 혼자만 발개진 얼굴로 분에 못 이겨서 "왜들 그러 세요! 그만 하세요!"라고 어른들에게 큰소리로 말대꾸했다. 그 러자 "우리를 혼내네! 효녀네!" 하며 도리어 놀림감이 되었다.

그 뒤로 나는 점점 부모님을 따라다니지 않았다. 부모님은 처음에는 미덥지 않았는지 같이 가자고 권유했지만 나는 고집을 부렸다. 차라리 집에 혼자 있는 편이 나았다. 어린 나로서는 이유를 낱낱이 설명하기가 힘들었지만, 차차 그 뜻은 받아들여졌다. 사람들은 나를 철이 빨리 든 아이로 칭했다. 일찌감치 부모 없이도 홀로 숙제하고 가방을 싸고 집을 보면서 부모님을 자유롭게 만들어주었기 때문이다. 나 역시 혼자 있을 때 더 자유로웠다. 잠시의 외로움이 두려워서 부모님을 따라갔다가 결국 혼자라고 느끼는 쪽보다는, 집에서 아예 혼자 있는 쪽을 택하는 편이 훨씬 덜 쓸쓸했기 때문이다.

자식이 하나인데다 성별이 여자인 상황은 자랄수록 해결이 되기는커녕 더 확장된 문제가 되었다. 어느 날 우연히 만난 이웃 어른이 이렇게 말씀하셨다. "너는 혼자이니까, 나중에 결혼할 때에도 부모님을 챙길 수 있는 사람을 만나야 한다. 꼭 잊지 말아라." 내가 외동이자 딸이기에 시집을 가버리면 부모님만 남겨지니, 그러지 않도록 남편이 부모님을 덜 챙겨도 되는 이른바 삼 형제 중 막내 같은 사람과 결혼해야 한다는 의미였다. 나는 그 말을 가슴 시리게 오래 기억했다. 지키기 위해 기억한 것이 아니었다. 처지를 깨달았기 때문이다.

내 부모는 나에게 그런 말을 한 적이 없었다. '여자니까, 또는 너 혼자니까' 같은 이유로 무엇인가를 강요하거나 토를 단 적이 없었다. 그런데 저 말을 듣고 보니 자식이 둘씩 셋씩 있는 집보다 월등히는 아니더라도 최소한 내가 멀쩡하게는 커야겠구나 싶었다. 다른 집들이야 자식이 둘이면 하나는 잘되고 하나는 못되더라도 평타는 치는 셈인데, 내가 못되면 우리 집은 그냥 0점이구나 싶었다. 나는 무엇이 되더라도 스스로에게 0점을 줄 생각은 없었지만, 아주 나중이더라도, 설사 부모가 원치 않는다 해도 내 부모의 마지막을 볼 사람이 나밖에 없다는 건 확실했다.

실상 홀로 크는 일은 그다지 큰일이 아니었다. 또래의 친구들과 친척들이 있고, 간혹은 엄마가 친구가 되어주었다. 과분할 만큼 사랑을 독차지하며 듬뿍 받고 자랐다. 그러나 어른이 되고 아이를 낳은 후에는 형제와 자매를 가진 사람들이 부러워지는 날도 있다. 어느 날 문득 눈을 크게 떠 보니 부모님은 내가 챙겨 드려야 할 만큼 나이가 들어 계셨고 그분들이 떠나고 나면 나는 혼자다.

불어난 우리 가족이 서로 도움을 받으며 교류할 대상이 없다는 사실이 때로 버겁다. 아이들이 커 나가는 기쁨과 고생은 오로지 우리 가족만의 것이다. 그들의 성장 역시 우리만이 기뻐하고 축하할 일이다. 부모님의 기념일을 축하하는 일이나 부모님이 아파서 돌봐드려야 하는 일도 우리만의 것이다. 어려움도 슬픔도 기쁨도, 우리 가족에 관한 한 그것을 한두 마디 이상으로 깊이 나눌 수 있는 사람은 나와 나의 마음이며, 남편과 아이들은 거들 뿐이다. 그것이 좋거나 싫거나 하여 선택할 문제가 아닌 것도 분명하다.

사랑하는 사람들을 향한 안쓰러움과 불안은 늘 공존한다. 사랑하는 가족들이 내가 상상하지 못할 어딘가로 사라진다는 생각을 할 때면 벌써부터 가슴이 아프다. 가깝거나 멀리서 나를 지탱해준 사람들이다. 사람은 다 사라지는 법이라고 아무렇지 않게 받아들여질지 결코 알 수 없다. 나는 이런 감정이 내게 지나치게 '빨리' 찾아왔다고 생각한다. 아직 아무 일도 일어나지 않았잖아! 봐, 괜찮다고. 하지만 혼자가 된다는 불안은 아무리 연습해도 익숙해지지 않는, 이상한 일이다.

어쩔 수 없이 받아들이게 되는 지점들도 있다. 나는 이렇게 살도록 태어난 사람이라는 사실. 홀로 그리고 꿋꿋하게 외로워하면서라도 말이다. 그것이 살아가는 의미와 근본적으로 크게 다르지 않다는 사실마저도 안다. 우리가 가족을 만들거나 친구를 사귀는 일들은 사람은 누구나 혼자라는 낯익은 명제를 몸소 깨닫게 되는 과정이지 않느냐고 마음껏 착각한다.

역설적으로 얼마 되지 않는 이 가족이 너무나 소중한 것도 그래서이다. 이 세상에 홀로 발을 딛고 선 채 옆에 있는 가족이 힘들지 않을 만큼 어깨를 기대 본다. 또한 내 어깨도 느슨하게 늘어뜨려 내어 본다. 살아가는 동안 서로 기대고 챙기며 아껴야 할 것은 바로 그 마음이라 여긴다. '어차피 인생은 혼자잖아. 그렇지?' 물으면서.

5

외로움을 덮는 노래가 여기 있네

친가 쪽 친척들은 모두 매우 잘 논다. 기억하는 한 큰집은 늘 사람들이 북적였다. 지나가다 들른 사람, 일이 있어 온 사람, 밥 먹고 가라고 전화해 부른 사람. 환영받지 못할 사람이 없는 잔칫집. 손님이 오면 절대 그냥 보내지 않고 항상 밥 먹여 보내는 인심 후한 집. 못 이기는 척 신발 벗고 들어와 음식 맛을 보고는 눈이 휘둥그레져 또 올 수밖에 없는 집.

명절이면 큰집에는 소주를 궤짝으로 사들여 구석에 쌓아놓았다. 그 소주는 명절이 지나면 큰집에 놀러 왔던 사람들의 몸속에 잠시 흡수되었다가 취기를 남기고 밖으로 배출되어 사라지곤 했다. 그 어마무시한 소주를 사람이 마셔 없앨 수 있다는 게 어린 날의 미스터리였다.

어떤 이들은 그렇게 늘 흥이라는 유전자를 몸에 배양하고 살아가는 듯하다. 술을 한두 잔 거나하게 걸치고 농담을 하고 노래를 한다. 화투를 치며 내기를 하기도 하고 윷놀이를 하며 승부수를 띄우기도 한다. 그런 분위기에 엄마와 나는 이상스럽게도 어울리지를 않았다. "태이 엄마, 한잔해요." 하면 엄마는 "에이, 난 한 잔만 마셔도 취해. 안주 좀 더 줄까?" 하고는 부엌 쪽으로 휘이휘이 도망가버리곤 했다. 엄마는 흥 넘치는 사람들 사이에서 순둥이, 순수한 사람, 잘 못 노는 사람, 빼는 사람이었다.

우리가 더 어렸던 날들에는 엄마들 사이에 계 모임이라는 게 성행했다. 다달이 회비를 걷어서 돌아가며 한 사람에게 주는 이 모임은 한 달에 한 번 모두가 모여 식사를 하는 시간이 있었다. 엄마가 속한 계모임은 주로 아빠의 고향 친구들이나 친척들이 연결되어 시작되었다. 학교도 들어가기 전인 나를 엄마는 가끔 계모임에 데리고 갔다. 맡길 곳이 없으니 당연했다.

식당 안의 방 한 칸에 자리 잡고 계 모임 회원들은 다 같이 앉아 식사를 했다. 식사하고 자리를 옮겨 커피를 마시러 가는 문화는 아니었다. 그 방에서 식사와 함께 가벼운 반주를 하기도 했던 것 같다. 그러고는 이윽고 돌아가며 계 모임 회원들은 노래를 한 곡씩 부르기 시작한다. 노래방 반주도 없는 시절에 그녀들은 젓가락으로 상을 두드리며 구슬픈 곡조를 불러 젖혔다. 생전 들은 적도 없는 노래를 듣더라도 그녀들의 노래가 너무나 구성지고 처량하다는 건 나도 알 수 있었다. 젓가락으로, 아니면 손바닥으로, 그 무엇으로라도 박자를 잘 맞췄다. 짱짱짱짱짱 찌기찌기찡찡.

문제는 엄마였다. 엄마는 노래를 못했다. 박자는 다소 맞추지만 고음은 불가했다. 물론 그것도 문제이긴 했지만 엄마가 노래를 부르면 그놈의 흥이라는 게 도통 일어나질 않았다. 어딘지 모르게 민숭민숭했다. 엄마는 계 모임 날짜가 다가오는 주간이면 살짝 초조해하면서 나에게 묻곤 했다. "태이야, 이번엔 무슨 노래 부를까?" 그건 나도 몰랐다. 엄마만이 알았다. 엄마에게 서태지 노래를 부르라고 할 수는 없는 노릇이니까 말이다. 엄마는 방바닥에 엎드리고 앉아 노래 가사를 종이쪽지에 옮겨 적었다. 그러고는 내 앞에서 쪽지를 보며 한 번 불러본다. "들어 봐."

하고 시작하는 그 노래. 나는 잠자코 그 노래를 듣는다.

말없이 건네주던 차가운 손

거기까지 부르고 나면 엄마는 또다시 물었다. "다음 가사가 뭐였지?" 엄마는 긴장했는지 자꾸만 가사를 잊어버렸다.

어니언스의 '편지'라는 노래였다. 잔잔하고 기교가 많지 않은 곡이다. 엄마가 내 앞에서는 한 번 불렀지만 내가 보지 않을 때는 더 여러 번 연습하며 불렀을 그 노래. 듣다가 내가 외워버린 노래. 엄마가 항상 선곡을 고민하다가 마지막에 꼭 고르는 그 노래. 엄마더러 가사를 종이에 적어 가자고 말했던 그 이별 노래.

그 담백한 노래는 사실 여지없이 계 모임 회원들의 싫증으로 끝까지 불린 적이 없었다. 조용한 노래는 단체로 몰려간 노래방에서 무조건 금지곡이다. 전주가 흘러나오다가 바로 정지 당한다. 그 모임에서도 마찬가지였다. 엄마는 늘 살짝 재미없는 노래를 부르는 사람으로 찍혀 있었다. "누구 차례요? 태이 엄마 차례요." 모임에서 엄마가 부를 차례가 되자 티를 안 내도 묘하게 같이 떨렸다. 엄마가 그 노래 부르는 걸 성공하기를 바라면서 귀가 쫑긋하고 몸이 꼿꼿해졌다.

부스럭부스럭. 엄마는 가방에서 쪽지를 조심스럽게 꺼냈다. 엄마는 자리에서 일어났다. 엄마는 이윽고 천천히 바르게 서서 쪽지를 손에 꼭 쥔 채 노래를 부르기 시작했다.

마알 없이 건네주고 달아난 차가운 손
가슴속 울려주는 눈물 젖은 편지
하이얀 종이 위에 곱게 써 내려간
너의 진실 알아내곤 난 그만 울어버렸네

꽤 열심히 부르다 어느덧 노래는 절정으로 향했다.

멍 뚫린 내 가슴에 서러움이 물들며언-
떠나버린 너에게
사랑 노래를 보낸다

허밍이 다섯 번쯤 반복되는 동안 나는 노래를 중간에 누가 또 끊을까 봐 엄마의 뒤에서 허밍을 따라 불렀다. 엄마의 노래를 끊는 사람이 있다면 잔뜩 째려볼 생각이었다. 어른의 노래는 끊어도 아이의 노래를 끊는 일은 없기 때문이었다.

그날 엄마는 어니언스의 편지를 완창했다. 계 모임 회원님들은 잔잔하게 박수를 쳤다. "태이 엄마, 노래 좋소." 그날은 마치 엄마가 엄청나게 어려운 시험에라도 통과한 것처럼 우리 둘은 의기양양하게 집으로 손을 잡고 돌아왔다.

엄마가 하도 많이 부른 탓인지 삼십 년이 지나도록 그 노래의 첫 소절이 기억난다. 참 이상하다. 계 모임 회원들이 "못! 따~한! 사아아~랑에에에~" 하며 화려한 꺾기 기술을 가미해 불렀던 노래 위로 엄마의 담백한 노랫소리가 아직도 귓가에 들리는 것이.

앞으로도 그 노래를 들으면 엄마의 외로움을 떠올리고 말 것 같다. 홀로 아이를 키우던 한 엄마이면서도 결코 공허하거나 울적한 느낌을 풍긴 적이 없던 한 여자도 동시에 떠오를 것 같다. 하나도 연약하지 않은데 그녀 딸의 눈엔 지나치게 여리게만 보였던, 그녀의 딸이 생각하기에 멀리 있는 아빠 대신 자기라도 꼭 지켜줘야겠다고 여겼던, 그 환한 여자 말이다.

6

우
리
들
의

거
짓
말

늙음이 한순간에 오지 않는다는 걸 더 정확히 알 게 된 것은 아버지 덕분이었다. 아버지는 불평이 크 게 없고 말도 별로 없었다. 일할 때는 묵묵했고, 안되 면 에잇, 쯧, 하며 혀를 한 번 찼다. 우리는 아버지가 하고 있는 고생에 대해서 얼굴로만 짐작할 수 있었 다. 볼이 쑥 꺼져 돌아오면 오늘은 일이 힘들었구나, 식구들과 눈을 맞추며 식사를 많이 하시면 이번엔 괜 찮았구나, 그런 식이었다.

그러던 아버지가 남몰래 청력 검사를 받으셨다.

결과를 들으러 갈 때에는 나와 함께 갔다.

"직업성 난청인 것 같은데요. 평소 소음이 많은 곳에서 생활
하십니까?"

"청력이 회복될 방법이 없습니까?"

"네, 딱히 없습니다. 앞으로는 점점 더 나빠지기만 합니다."

병원에 진료 받으러 간다고 정장을 차려입은 아버지의 등이
살짝 움츠러드는 것 같았다. 돌아오는 길에 아버지는 묻는 사람
도 없었는데 "아빠는 괜찮다."라며 체념한 듯이 말했다. 뭐라고
할 대꾸를 찾지 못해 "그럼요, 괜찮으실 거예요."라고 의례적인
대답을 했다.

아버지는 유조선의 기관장이었다. 원유를 수송하기 위해 수
십 날의 낮과 밤을 선박을 운행하며 시간을 썼다. 빈 배로 항구
를 떠나 원유를 싣고, 다시 항해를 시작해 지상에 원유를 이송
했다. 한 번 항구에 따라가서 아버지가 운행한다는 끝이 보이지
않을 만큼 긴 길이의 선체를 본 적은 있지만 그것이 내가 아버
지의 직업에 대해 알고 있는 전부다. 엔진이나 오일 탱크에 대
한 지식은커녕 배에 대한 내 경험치는 간헐적이었고 일상적인

범주에 머물러 있을 뿐이다.

아버지는 기계실에 들어가면 며칠씩 연락이 잘 되지 않았다. 그러다 간혹 통화 연결이 될 때면 아버지 목소리는 타타타-하는 날카로운 기계 돌아가는 소리에 묻혀 들렸다. 그 소리는 마치 철을 썰어 내리는 날카로운 칼질 소리 같았고, 드릴이 돌아가며 콘크리트를 부수는 소리처럼 여겨지기도 했다. 소음은 아버지의 배가 무탈하다는 증거였을 것이다. 사람 말소리 대신 굉음 같은 기계 소리를 아버지는 생활처럼 직접 들으며 배를 운행했을 테지만 나로서는 상상이 되지 않는 소리였다.

불과 그 후로 몇 달 사이에 엄마는 답답하다는 소리가 늘었다. 아버지가 소리를 잘 못 듣는다는 것을 거의 확실시하고 있었다. 엄마는 '저렇게 엉뚱한 소리를 해대서' 같이 살기 힘들다며 핀잔을 주기가 일쑤였다. 아버지 흉을 보는 일이 잦았다. 같이 걸어가다가도 아버지는 앞으로 휘적휘적 혼자 걸어가 버린다고 했다. 잠깐만 여기로 와달라며 엄마가 뒤에서 부르는 소리를 듣지 못한다고 했다. 엄마는 짜증을 냈고, 아버지는 화를 냈다.

"무슨 소리를 못 듣는다는 거요?" 저 멀리서 불러놓고, 못 듣는다고 성화라는 것이다.

"바로 뒤에서 불렀잖아요." 엄마는 손사래를 쳤다.

"혹시 불편하시면 다시 병원이라도 가볼까요?"

말을 꺼내면 아버지는 딱 잘라 거절했다.

"아직 그 정도 아니다."

아버지는 자신의 늙음을 결코 인정하고 싶지 않아 했다. 끝끝내 잘 들린다고만 했다.

"저 양반 똥고집을 누가 꺾니."

답답해하는 건 엄마였으니, 아버지는 아쉬울 것도 없었다.

엄마와 아버지 중 누가 맞을까? 혹시라도 아버지가 표정이나 말투로 읽어내야 하는 엄마의 말귀를 눈치채지 못했을 확률은 없을까? 그건 아버지가 평생 해 본 적이 없는 업무였다. 엄마는 내가 아는 사람 중 가장 대명사를 많이 쓰는 사람이었다. 예를 들면 이렇다.

"그, 있잖아. 그…… 뭐지?"

"뭐요?"

"아, 그. 모퉁이 돌면 나오는 데. 이름이 뭐더라?"

아버지가 소리를 잃어가는 것보다는 엄마가 찾지 못한 고유명사가 문제라는 생각. 거기서 내가 얻고 싶은 확신은 아버지가 아직 건재하시다는 것이었고 그건 아버지 역시 마찬가지였을 테지만 며칠 전, 나는 생각을 달리해야만 했다. 아이가 칭얼거려 낮잠을 '재울 거'라고 말했는데 바로 옆에 있던 아버지는 별 반응이 없었다. 두세 번 거듭 반복해서 말하자, 아버지는 당황스러운 낯빛으로 나를 쳐다보셨다. "뭐? 캐운다고? 그게 무슨 말이냐?" 나는 입 모양을 정확히 하며 한 글자씩 "재, 운, 다, 고, 요."라고 답했고, 아버지는 그제야 "아~" 하며 난처해하는 표정을 지었다가 이내 거두셨다. 아마도 자신이 못 들었다는 사실을 인지하시고 곧이어 내게 들킨 그 사실을 서둘러 감추시려 했던 것 같다.

아버지가 거실에서 티브이를 보고 계신 사이 포털 사이트에 '보청기'를 넣어 검색을 했다. 한 번 떨어진 청력은 다시 복구할 방법이 없으며, 가느다랗고 톤이 높은, 아이들과 여자들의 목소리부터 잘 들리지 않는다고 했다. 나이에 따라 천차만별이며, 대부분의 어른들은 자신이 청력을 잃고 있다는 사실을 인정하지 못한다고 했다. 70대부터는 보청기를 껴도 아예 소리가 안 들리는 사람도 있다고 했다.

몸의 기능은 어느 날 한꺼번에 뚝 바닥으로 떨어지는 게 아니었다. 하루는 좋았다가 하루는 무너졌고, 또 한 번은 제대로 움직였다가 두 번, 세 번씩 고장 나면서 변화해 가는 것이었다. 나 역시 어느 날은 입가의 팔자 주름이 더 깊어 보였고, 또 어느 날은 아무렇지 않았다. 아버지 역시 그런 식으로 어느 날은 잘 들으셨고, 어느 날은 잘 못 들으셨다. 내가 점점 큰 소리로 만화를 보듯이 아버지는 세상의 소리들을 잃고 있었다. 언젠가는 내 목소리도 못 들을지도 몰랐다. '늙음'은 이렇게 올 듯 말 듯하게, 아니겠지 싶을 때 불쑥 찾아왔다.

소리가 모이지 않고 울려 퍼지기만 한다는 귓속의 세계는 어떠할까. 평생 해온 생업은 아버지의 몸에 깊이 파인 흔적을 남겼다. 더 나빠지기만 할 것을 더 좋게 뒤집을 방법을 갖지 못했다. 늙지 않게 만든다는 불로초 따위도 영원히 나는 갖지 못할 것이다.

아버지는 벽에 비스듬히 기대 뉴스를 보고 있다가 나를 보고 희미하게 웃었다. 큰 소리로 볼륨을 높인 탓에 앵커의 목소리는 지나치게 커서 마치 타타타, 기계 돌아가는 소리처럼 날카롭게 내 귀에 한 글자씩 와서 박혔다.

"꼭 티비를 틀어놓아야 잠이 드신다." 어릴 때 아버지가 하선하여 집에 와 주무실 때 엄마가 놀리듯이 했던 말씀이었다. 생의 대부분을 엔진소리와 함께 살다가 이제 와 가족들의 목소리가 울림처럼 들린다는 아버지가 가여웠지만, 애써 그런 생각은 지워버렸다.

나는 무엇을 준비해야 하는가.
따로 더 준비할 수 있는 여분의 마음이 내게 있을까.

그러나 그런 생각은 철저히 내 것이다. 입버릇처럼 자신이 너무나 건강하다고 말씀하시는 아버지에게 내가 가진 미래에 대한 걱정을 소리 내어 말할 엄두조차 내지 못한다. 내 걱정은 아버지도 아마 어렴풋이 느끼고는 계실 것들이다. 하지만 쓸데 없는 걱정이라고 하실 게 분명하다. 딸의 우려를 충분히 덮고 남을 정도로 아버지의 내면에 있는 젊음은 끊임없이 유예될 것이다. "걱정 마라. 아직 나 그 정도 아니다." 아버지가 앞으로도 한결 같으리란 거짓말을 믿는 날엔 어쩔 수 없이 마음이 가볍다. 우리에게 주어진 시간을 재단해볼 필요도 없다.

오늘은 아버지가 제안한 이 거짓말에 기꺼이 동참하겠다. 아버지는 엄마와 기쁘게 이야기를 나누고, 깔깔거리는 아이들의 높은 웃음소리를 아직도 들을 수 있다고, 모든 우리들의 소리는 아버지의 귓속에서 잠시 멈춘 채 아주 천천히 사라져 간다는 이 밀도 높은 거짓말에 말이다. 아무렇지 않게 아버지에게 더 가까이 다가가 연극배우처럼 큰 목소리로 말을 다정히 건네면 소리들은 아버지에게서 잠시 멈춘 채 아주 천천히 머물렀다 느리게 사라질 수도 있다. 목소리는 마음으로도 들을 수 있다는 걸 입증하게 될 수도 있다. 같이 나이 들어가는 내가 할 수 있는 건 단지 그뿐이래도 좋을 것 같다.

7

낙천적인, 너무나 낙천적인

　우리 엄마는 낙천적이다. 쾌활하고, 좀처럼 우울해하는 법이 없다. 걱정 많고 불안해하는 나에게 1%라도 긍정적인 사고가 있다면 그것은 엄마의 피로부터 온 것일 테다.

　엄마는 소녀처럼 싱긋 웃으며 "바라는 대로 이루어질 거야."라는 말을 자주 한다. "큰일 났어. 망했어."라며 울상인 내게 대수롭지도 않은 일로 그런다는 듯이 인상을 살짝 찌푸리며 "큰일 없다. 잘된다."라고 말하기도 한다.

하지만 어느 날의 나는 엄마의 그런 말들을 받아들이지 않았다. 도리어 아무것도 모르는 사람 취급을 했을 뿐이다. "하여튼, 휴, 엄마는 몰라."

엄마도 기존에는 성정이 여리고 거세지 않은 사람이었다. 작고 소곤소곤 말하며, 나에게 소리를 치는 일도 별로 없었다. 나이를 먹고 생활력이 강해지면서 저절로 변하기 시작했다. 목소리가 커지고, 말투도 거칠어졌다. 틀린 말을 하면서도 떵떵거린다. 그런 엄마를 보는 건 몹시 당황스럽다. 그럼에도 불구하고 좋은 점이 있었다. 엄마의 큰 목소리, 거친 말투가 긍정의 말버릇과 결합이 되자 확실한 예언처럼 들렸다. 상상해 보라. 웃으며 나긋나긋한 목소리로 "잘될 거야."라고 말하는 당신의 엄마. 크게 확언하며 "잘된다."라고 말하는 당신의 엄마.

당신은 어느 쪽을 믿겠는가? 나로 말하면 후자다. 엄마의 확고한 태도는 저절로 그렇게 되리라 믿게 하는 맛이 있다. 그래서 나는 요즘 이렇게 대꾸하는 걸로 바뀌었다. "그렇겠죠? 역시 그렇죠?"라고 하는 식이다. 내 맘이 시키는 대로 말해주는 사람이 곁에 있다는 건 좋은 일이다. 엄마 말처럼 믿는 데는 돈도 안 든다.

내가 어릴 때부터 엄마는 새벽에 일어나 묵주 기도를 했다. 기도의 마무리에는 내 이름이 들어갔다. 우리 가족의 건강과 나를 부탁한다는 기도로 그날 아침의 행사는 끝이 났다. 기도는 중얼중얼 진행되었고, 잠결에 나는 엄마가 내 이름 호명하는 것을 들었다. "태이가 건강하도록, 지혜롭도록 도와주세요. 부탁합니다." 그 말을 들으면서 나는 기쁘게 잠이 들었다. 엄마의 의도와 상관없이 나는 그저 엄마가 나를 생각해주는 게 좋았다.

엄마는 내가 잠결에 듣기 전에는 무엇을 위해 기도했을까. 엄마가 자기 자신을 위해서 기도했던 말은 들어본 적이 없다. 늘 가족과 딸의 안위를 빌었을 뿐이었다. 지금의 나라면 무엇보다 먼저 나를 위해서 빌고 부탁할 것 같다. 예를 들면 이렇다. '제가 건강하고, 제가 돈을 많이 벌고, 에, 제가 정신이 똑바로 박히도록, 무엇이든 지혜롭게 선택할 수 있도록 도와주세요. 제발 부탁드립니다.' 신은 웃을지 모르겠다. 저 집은 아직도 태이라는 애를 위해서만 기도하네, 하면서.

우리 집은 경제적인 사건으로 한 번 무너진 적이 있고, 그것을 셋의 힘으로 일으켜 세우는 데에 시간이 오래 걸렸다. 자라면서 부모의 원망을 하지 않았다고 하면 거짓이다. 더 나은 환경과 뒷바라지를 욕심내면서 나는 언덕 너머에 있는 아름답고 특별한 것들을 꿈꿨다. 그러나 그건 다른 이들에게도 꿈이었을 테지. 집이 무너지고 회복되는 일마저도 나만의 독특한 경험이 아니었다. 어느 가족이라도 상황은 오르락내리락 다른 모습으로 변주할 수 있었다.

삶이 주는 경험치를 유연하게 받아들이면서도 최대한 내 것을 지키려고 하는 의지는 어른이 된 후에야 가질 수 있었다. 여리게만 살 수 없기에 점점 변해가는 우리 엄마처럼 나도 차츰 야무져가고 있다.

아주 예전이긴 한데, 떠오르는 일이 하나 있다. 가족이 뿔뿔이 흩어졌고, 나는 집에서 떠나 기숙사에 살 때였다. 주말에 예고치 않게 집에 갔는데 생전 처음 본 사람이 나와서 나를 맞는다. 전에 살던 사람은 이사 갔다고 한다. 황당하기가 말로 할 수 없었다. 집 전화로 전화를 걸어 엄마와 연락을 했더니 어디 어디로 오면 미용실이 있는데, 그 건너편 골목 입구에 서 있으라 한다. "놀랐지?" 하며 엄마가 마중을 나왔고, 뒤를 졸졸 따라 가자 나타난 곳은 한 주택이었다. 집 한 채를 개조해 방문이 주르륵 다섯 개가 달려 있는 원룸 같기도 한 이상한 형태의 가정집이었다. 그중 가장 끝에 있는 문을 열자 제법 집처럼 현관과 마루가 나타나고 방이 한 칸 보인다. 저 안쪽으로 부엌도 있다.

나는 들어가지 못하고 머뭇머뭇 엄마를 쳐다보았다. 엄마는 도리어 밝게 웃으며 말했다. "아이고, 저 장롱 있지. 살림 다 버리고 저거 하나 가져왔는데 막상 장롱이 키가 커서 이 집에 들어오질 못하는 거야. 문 앞에서 장롱 네 발을 톱으로 자르고 난리도 아니었단다." 장롱 발을 자른다는 말이 처참했다. 고개를 돌리니 반대편에 책상도 있었다. 살림은 다 버렸다면서 내 책상은 왜 들고 왔을까? 내가 언제 올 줄 알고, 용케도 이 집에 내가 와서 여기 책상에 앉아 무슨 공부를 할 거라고 이 좁은 집에 엄마는 책상을 가져왔는지 모르겠다.

아무것도 모른다는 듯 웃는 엄마를 두고 나는 잠시 밖으로 나가야만 했다. 아무리 닦아도 눈물이 계속 배어 나왔기 때문이다. 엄마는 내가 하룻밤 자고 다음 날 학교로 돌아갈 때까지 표독스럽게 울지 않았다. 울기는커녕 계속 내게 "뭘 먹을래? 옥수수 먹을래?" 하며 싱글거렸다. 우리 엄마가 그런 사람이다. 아무리 슬퍼할 겨를도 없었다지만.

요컨대 부모가 된다는 것은 쉬운 일이 아니다. 자식으로 사는 일도 쉽지는 않지만, 부모로 사는 일도 참 어렵다. 그럼에도 불구하고 우리 엄마 역시 엄마가 되려고, 그러니까 나를 만나기 위해서 무진장 노력했었다. 아이가 쉽게 생기지 않아서 백방으로 노력했다고 들었다. 내가 태어나기도 전의 일이니까 의학적 기술도 지금보다는 충분치 않았을 것이고, 지금보다 더 혼자라고 느꼈을 것이다. 남들이 쉽게 생기는 그 아이가 생기지 않아서 더더욱.

그렇게 낳은 아이 앞에서 이사 한 번 했다고 울 수는 없었을 것이다. 차라리 정신이 나간 척하는 게 낫지. 아이를 안 보면 안 봤지. 나 같으면 그렇다. 차라리 웃고 앉아서 이 연극 같은 일이 나중에는 추억이 되리라 믿는 편을 택했을 거란 얘기다.

나중에 엄마는 이 일을 두고 이렇게 말했다. "웃고 싶어서 웃는 줄 아니. 살아보니 그게 아니더라. 웃을 일 없어도 웃으면 힘이 나고, 그러면 그 힘으로 하루 사는 거야. 그러니까 웃어야 돼." 쌀가루를 넣어 가래떡을 뽑아내듯이 세상 모든 엄마들의 일상은 명언으로 제조된다. 살아본 가락에서 뽑아낸 진심이 들어 있는 말들이다.

내가 태어나기 이전이었던 엄마의 과거를 자세하게 물어본 적은 없었다. 묻지 않는 이상 엄마도 굳이 표현하지 않았다. 아이를 가지기 위해 절에 가서 종을 만드는 데 시주를 한 적도 있고, 보름달 뜨는 밤에 칼을 물고 소복을 입고 기도도 해 봤다나. 해 보지 않은 일 없이 별별 일 다 해 봤다는 것도 친척들에게 한두 마디씩 귀동냥 듣듯 얻어들은 내용들이었다. 엄마는 그 시절의 일을 언급하지 않았다. 딱지 덮듯 다 덮어버리는 게 나을 법도 한 쓰린 일이기도 했다. 나도 마찬가지였다. 아픈 상처 덮어야지, 뭐 드러낼 필요가 있어. 그게 엄마를 위하는 길이라고 생각해서였다. 그러나 이제 보니 아닌 것 같았다. 어떤 이야기는 하면 할수록 어렵고 아팠던 게 사라지는 것도 같았다. 내 안에 아픔은 사라지고, 겉으로 나와 살이 붙어 걸어 다니다가 종국에는 세상 속으로 훨훨 날아가 버리는 것 같았다. 그래서 처음으로 용기를 내어 물었다.

엄마는 잠시 생각에 잠기더니 이내 쾌활하게 말했다. "아니야. 나는 힘든 줄도 몰랐어. 그때는 아이가 생기기만 하면 좋겠다고 생각했지." 힘들었던 일을 애써 미화하여 긍정적으로 생각하는 투는 아니었다. 젊은 시절의 엄마라면 충분히 그랬을 것이다. 다만 힘든 줄도 몰랐다기에 그 여자 참 바보 같았다고 생

각하고 있는데 엄마가 덧붙였다. "태이야. 엄마는……." 한참
말이 없더니 또 함박 웃으며 그런다. "엄마가 되게 해준 것만
도 너에게 고마워. 너는 할 수 있는 일을 다 했어." 무슨, 엄마는
또, 그런 말을 하는지. 나 원, 참. 훅 들어오는 주먹에 얻어맞은
것처럼 주책없이 또 눈이 뜨겁다. 내 눈물이 웃음으로 변하기란
아직 먼일 같지만 눈물 앞에서 도리어 명랑해지는 것은 감히 반
박할 수 없는 진실이기도 했다.

2장

우리는
사소하게
사랑해야 한다

1
안아줘

퇴근이 늦었다. 고개를 숙인 채 걸어가며 아이들
과 남편은 지금쯤 무엇을 하고 있을까 생각한다. 밥
은 다 먹었는지, 첫째는 울고 있는 건 아닌지, 둘째는
피곤해서 담요를 비비면서도 자지 않고 날 기다리고
있는 건 아닌지. 그런 것들에 대해서. 집 안에 남아
있는 가족들에 대해서.

삐빅-. 비밀번호를 누르고 문을 열면 아이가 뛰어
나와 인사를 한다. 현관문 앞에서 방방 뛰며 "엄마,
엄마!" 하고 부르며 팔을 한껏 벌리는 것이다. 현관문

에 서 있는 나는 신발을 아직 신고 어깨에는 가방을 짊어졌으며 한 손에는 서류나 책을 들고 있다. 그 순간 살과 뼈가 점점 탄탄해져 가는 아이를 안아 들어 올려야 하는 버거움을 느끼며 순간 미리 피곤해지고 만다. 그렇지만 나는 세상에 없는 미소를 지으며 다시 인사를 해야 할 것이다.

"어이구, 우리 아기!" 흡. 숨을 크게 들이마시고 잠시 참는 건 필수 코스. 아이를 안고 엉덩이를 토닥거리고 품에서 내려주었다. 허리에 묵직한 느낌이 왔다가 사라진다. 아이는 달려 사라지고, 신발을 벗고 거실로 들어서는 동안 남편이 아이에게 책을 읽어주는 소리가 들린다. "파도는 어디에서 올까…… 파도는……." 슬쩍 고개를 내밀어보니 옹기종기 소파에 나란히 앉아 있다. 책을 열심히 본다기보다는 아빠의 목소리를 접촉하는 시간 같다. 중얼거리는 소리를 하루 내내 듣지 못한 아이들이 가까이 다가앉은 온기로 아빠의 존재를 확인하는 시간.

엄마가 집에 왔는데도 모른 척 책만 보고 있는 다른 한 명의 아이를 바라본다. 이름을 조심스럽게 불러보았다. "서안아." 불러놓고 내심 불안하다. 초조하다. 꼭 둘째가 나를 돌아보지도 않고 모른 척할 것만 같다. 내 얼굴을 보고도 '흥' 하고 새침하게 다시 고개를 돌릴 것만 같다. 엄마가 늦게 퇴근하고 싶어서 그런 것도 아니건만. 유치하게도 저 아기가 내 노곤함을 알아주었으면 좋겠다. 다독거리며 오늘 힘들었느냐고 물어봐주는 사람이 필요할 만큼 나도 지쳐 있지만, 내심 엄마를 기다리며 더 지쳤을 아이들에게 바랄 예의는 아니다 싶다. "아가." 가까이 다가가 좀 더 크게 부르자 나를 돌아보았다. 코와 눈을 사정없이 찡그리며 익살스러운 표정으로 환히 웃어주었다. 나도 똑같이 찡그린 얼굴로 웃으며 인사했다. 안심한다. 둘째가 나를 여전히 사랑한다는 확신을 받으며.

내가 어릴 적의 부모님은 참 바쁘셨다. 당시의 아빠들이 그렇듯이 하루의 대부분은 생업에 할애되었다. 사교적인 성격이라 친구들이 많으셨고 낚시 같은 취미도 있으셨다. 가족에게 소홀한 건 아니었지만 그렇다고 우리와 시간 보내는 일을 최우선으로 놓지도 않으셨다. 남편과 아이라는 틈새에서 엄마는 타인을 위해 봉사하는 데에서 의미를 찾는 분이셨다. 학교가 끝나면 목에 숨겨 걸어둔 열쇠를 꺼내 돌려 홀로 집에 들어가며 나는 엄마가 도와주는 그 사람이 나이길 바랐다. 힘든 사람들을 지나치지 못하는 정 많은 엄마에게 나는 늘 뒷전인 것만 같았다.

집으로 늦게 돌아온 날에는 어김없이 엄마를 기다리는 아이가 된 것만 같다. 뒤돌아서 있는 아이를 부를 때, 그 자그마한 뒤통수와 등을 볼 때면 나는 이상하게도 뒤돌아서 있는 엄마가 겹쳐 떠오른다.

"엄마."

조심스럽게 목소리를 가다듬고 애써 불러도 엄마가 듣지 못해서, 주먹을 쥔 채 가만히 엄마를 뒤에서 기다렸다. 엄마가 나를 알아차릴 때까지 마음이 쿵쿵 뛰며 서늘해졌다. 이상하게도. 엄마가 나를 못 알아볼 리가 없는데도. 어서 돌아보고 나를 향해 웃어주기를 힘껏 바랐다. 우리 엄마도 나를 이렇게 바라봤을까? 엄마처럼 또 아이처럼.

부모가 사랑을 주는 사람인 것만은 아니다. 부모가 되어서도 때론 기댈 곳이 필요하다. 그래서 일하고 돌아온 내게 안아달라며 온 아이들에게 나는 안긴다. 자식에게서 사랑을 받으며 밖에서 부단히 싸울 힘을 얻는다는 걸 알고 나면 아이들을 껴안는 일에 주저함이 없어진다. 내가 가서 먼저 안아달라고 하게 된다. 부모가 아이에게 주는 사랑은 무한정이어야 하는지 몰라도 아이가 부모에게 내민 사랑은 아주 실낱같아도 충분하다. 가느다랗고 작은 아이의 한 마디로도 부모는 수없는 날을 먹고 산다.

제법 키가 자란 아이들을 무릎에 앉히고 뒤에서 끌어안아 정수리에 코를 대고 아이들의 체취를 맡는다. 그 뭉클한 감각이 내가 아이들을 안고 있다는 걸 실감하게 만든다. 드디어 마음 붙일 곳으로 돌아왔다는 걸 느낄 수 있다. 연인들이 상대가 옆에 있다는 걸 알면서도 서로 안아 존재감을 확인하는 것처럼 아이들에게 나도 그렇게 한다. 허리가 휘도록 어부바를 하고, 절대 떨어질 수 없다는 듯이 꼭 붙어 있는 아이를 안고 이 방 저 방 돌아다녀야 한다. 우리들은 한참을 한 몸처럼 지냈다. 지금보다 더 많이 안은 채로 다른 눈으로도 같은 방향을 보았고, 마주 보며 시선을 맞추고 서로를 바라보았다. 우리에게 주어진 하루의 전부를 가장 가까운 사이로 보냈었다.

이제 우리에게는 '거리'가 생겼다. 거리 덕분에 몸은 편해졌으나, 우리가 눈을 맞추어 서로를 바라보는 일은 점점 줄어들 것이다. 혼자서 아이를 물끄러미 바라보는 일이 더 많아지겠지. 아이가 나름대로 열심히 크는 일이 반가우면서도 그 거리가 아쉽게도 느껴진다. 앞으로 점점 더 가까워질 일이 없는 그 거리 말이다. 아이는 학교에 갈 것이고, 짐작만이 가능한 자기만의 세계로 떠나갈 테지. 누구나 그렇게 컸듯이. 몸과 마음이 튼튼한 어른으로 커준다면야 부모로서의 책임은 어느 정도 내려놓아도 좋겠지만 아이와 나의 거리가 결코 더 이상 가까워지는 일은 없을 것이다.

미래를 살포시 그려보고 나면 피곤에 지쳤다 하더라도 다시 힘을 내게 된다. 아이들을 마음껏 안아볼 시절이 얼마 남지 않았으니, 자기 몸은 자신의 것이라고 주장하기 시작하면 고작해야 등이나 몇 번 두드릴 수 있을 테니, 잠자는 모습이나 훔쳐보면서 언제 저렇게 컸나 감탄하게 될 테니, 그때까지는 우리가 서로 안고 안아주며 묵직한 무게의 사랑을 느껴 보는 일을 게을리해서는 안 될 것만 같다.

나는 손가락을 구부리고 괴물 흉내를 내며 쫓아가 장난을 건다. 아이들은 "끼아악!" 하고 소리를 치며 도망을 간다. 요놈들을 다 잡아서 꼭 안아주어야겠다. 품에 들어왔다 나갔다 파도처럼 반복하는 아이들이다. 온 세상을 헤엄쳐 다니더라도 엄마의 마음을 기억하도록. 안고 있는 동안은 다른 순간과 걱정이 무엇도 들어오지 않도록. 꼭. 꼭.

주말은 에너지 충전의 시간인가, 에너지 소비의
시간인가? 금요일 오후부터, 주말에 무엇을 해야 할
지 고민하기 시작했다. 널브러져 쉬고 싶은 마음과
밖에 나가 놀고 싶은 마음 사이에서 갈팡질팡한다고
해서 딱히 결정한 것은 없었다.

토요일 아침은 고민할 필요도 없이 날씨가 좋았
다. 잠이 덜 깬 정신으로 팔다리를 부지런히 움직여
도시락을 싸고, 구운 계란과 음료수를 준비하고 공,
모래놀이 도구를 챙겼다. 사람들이 군데군데 눈에 띠

고, 텐트들이 조르륵 잔디 위에 펴지기 시작했다. 킥보드들이 쌩쌩 움직이고 스케이트보드를 탄 아이들이 달렸다. 간간이 옆에서 들려오는 소리들, 그건 위험하니 하지 마, 엄마랑 이거 할까 같은 말을 귓등으로 흘려들으며 기둥이 굵고 그늘이 넓은 나무 밑에 매트를 깔고 자리를 잡았다.

공원의 사람들은 햇빛과 나무와 잔디의 기운을 받아서인지 다들 밝아 보인다. 내 눈을 사로잡는 사람들은 '함께 온 사람들'이다. 엄마와 아이가 같은 또래의 다른 엄마와 아이를 만나 논다. 저쪽은 엄마, 아빠, 딸 셋에 친정엄마가 함께 온 가족들이다. 놀이터 옆 숲길로 유모차를 끌고 걸어가는 단정한 차림의 할머니와 할아버지 한 쌍도 보였다. 실례인 줄 알기에 안 그러려고 하면서도 힐끔 시선이 간다. 좋아 보여서. 다른 가족들이 주말을 보내는 방식이 궁금하기 때문이기도 하다.

엄마 생각이 났다. 나들이라도 가려고 하면, 감추고 있던 마음속 질문 하나가 머리 위로 쑤욱 솟아올랐다. 같이 가자고 해야 하나? 속마음은 그럴지언정, 그렇다고 쉽게 '만납시다.'라고 말하기가 어려웠다. 내가 퇴근 전까지 손주와 손녀를 봐주셔야만 하는 엄마가 아이들의 잠음 없이 주말에 쉬고 싶으신지, 또

는 갈 만한 곳을 찾아 가족과 함께 보내고 싶으신지 가늠을 잘
할 수 없는 까닭이었다.

때마침 엄마에게서 전화가 왔다.
"어디냐?"
공원이라고 대답하자, 엄마가 말씀하셨다.
"우리도 공원 갈까?"
"그래도 좋고요. 어디, 가시려고 하셨어요?"
나는 '어디'라는 말에 힘을 살짝 주어 말했다. 당신 하고 싶은
이야기만 순서 없이 뒤죽박죽 늘어놓는 엄마의 화법을 더듬어
내려가 봤다.
"등산이나 가려고 했지. 높은 곳이 힘들면 약수터까지만 올
라갔다 오고."

엄마가 이곳에 오시면 무엇을 하고 노실 수 있을지 전화기를
귀에 댄 채 주변을 둘러봤다. 만든 지 얼마 되지 않은 공원이라
나무는 듬성듬성했고 아직 어렸다. 겨울 문턱이라 공원 입구에
피어 있던 꽃들이 다 져버린 것도 떠올랐다. 기껏해야 한 바퀴
산책밖에 할 게 없어 보였다. 엄마가 오시면 뒷짐 지고 놀이터
에서 뛰어다니는 손주들이나 헛기침을 하면서 지켜보실 것이

었다. 그건 내가 원한 그림은 아니었다. 그런 일이야 평일에도 매일 그분들이 하시는 일이었기에. 나 편하자고 여기로 불러낸 것도 아니고 부모님을 곁에 붙박이처럼 두고 싶지 않은 게 딸의 소박하다면 소박한 바람이랄까.

주말이면 경치 좋은 근교에 함께 가자고 먼저 제안을 해 보지만 "다음에 가자."는 대답을 듣기도 했다. 그분들에게 다른 일정이 있는 날도 있기는 한데, 그보다는 어린아이 둘을 데리고 엄마를 모신 채 어딘가로 가는 게 우리에게 부담이 될 것 같아 거절하시는 이유도 있는 모양이었다.

"되는 대로 하자. 되는 대로 해!"

이건 우리 엄마의 말이었다. 간편하고 좋았다. 그러나 나는 그렇게 간편한 인간이 못되었다. "아니다, 됐다." 거절하시는 데에 대고 한두 번 다시 권유하기는 하나 강하게 하지는 않았다. 그저 내 방식이었다. 매정한 딸이 되고 싶지도 않지만 매일 보는 사이에 섬세하게 마음을 헤아리며 지치고 싶지도 않았다. 그저 하루하루 그럭저럭 예의를 다해 대하는 수밖에 없다.

별일 없는 금요일 저녁에, 집으로 돌아가기 위해 그분들이 현관문을 나서실 때까지 말은 아낀 채로, 떠나는 발걸음과 흔드는 손을 가만히 본다. 아직도 만나고 헤어지는 일에 익숙하지 못한가 보다. 가족을 이루었고, 그래서 내 가족을 최우선으로 챙겨야 하는 엄마가 된 딸은 그분들의 뒷모습을 바라보며 어느 날엔 가슴 깊은 데가 지그시 눌리는 기분을 가만히 느낄 뿐이다. 그러다 문이 닫히면 곧 매정하게 되돌아선다. 경계에서 내 영역으로 돌아온다. 내 인생만 생각해도 편할 새가 없다. 혼자 있는 일이 가장 편하다. 설사 가족이라도 누군가를 돌보고 챙긴다는 일이 쉽지 않다. 가족들이 갑자기 내 영역에 들어와 너는 가족이니 서로 챙기며 지내야 한다고 주장할 때의 불편함을 우리는 알지 않는가. 오랜 시간 떨어져 살았던 가족들을 아직 온전히 품으로 받아들이기는 어색하다. 아직도 만나고 헤어지는 일에 익숙하지 못하다. 아직도 그분들을 편한 손님처럼 대한다.

가족에게도 선을 긋는 일이 바른 일인지 궁금하다. 이런 거라면 모두 함께 살아도 되지 않을까 생각해 보기도 한다. 아이들을 봐주시러 매일 오시는 거라면, 한집에서 부대끼면서 가족들이 들고 나고 하는 걸 일상으로 여기며 살아도 되지 않을까?

엄마 역시 왔다 갔다 하는 게 피곤하신 날이면 같이 살아야 할까 고민해 보신다는 이야기를 지나가는 말처럼 툭 떨어뜨리신다. 우리 둘 다 그 이상의 이야기는 하지 않는다. 그러나 그 방울의 파장은 넘실거리며 말없이 우리 사이를 퍼져나간다.

엄마와 나는 백 번 천 번이고 '같이 살까'라는 같은 말을 반복할 것이다. 하지만 우리는 아무것도 바꾸지 않는다. 집이라는 한정적인 공간의 문제, 또 사적인 영역의 문제, 관계라는 문제 등등은 머릿속에서 춤을 추듯 왔다 갔다 한다. 서로의 생활을 간섭하게 되는 것은 내 쓸데없는 걱정만은 아닐 것이다. '같이 살까'가 아닌 '같이 살아야 할까'라는 말에서 엄마의 갈등을 엿본다. 끝없이 이어지는 한계와 우려들이 나에게도 느껴진다. 또한 그건 피곤할 때마다 얼굴이 허옇게 변해가는 딸을 위한 것이기도 하다.

한때는 엄마랑 너무너무 떨어져 혼자 살고 싶었다. 그때 자유로웠던 건 나만은 아니었을 것이다. 또 한때는 엄마 곁에서 함께 살면서 벅차오를 만큼의 든든함을 맛봤다. 그때 벅찼던 것도 나만은 아니었을 것이다. 가만히 있는 달이 차올랐다 기울어지듯이 보이는 것과 같다. 엄마는 영락없이 한자리에 있지만 나는 늘 엄마를 가까이에 두기도 하고 멀찌감치 잊어버리기도 한다. 그러나 사실 그 거리는 비슷했을지도 모른다. 기대고 멀어짐을 반복하고 있다고 믿는 순간조차도 엄마는 그 자리에 있었을 거다.

우리는 가족이라는 아주 가까운 타인을 만날 준비가 얼마나 되어 있나. 나의 일상에 가족을 담을 자리는 얼마만큼 남겨두었나. 누구의 마음에나 용량의 한계가 있지 않나. 하지만 그럼에도 애를 써야 하는 부분이 있다면 무엇인가. 나만 생각하며 살 땐 모르다가도 막상 나를 생각해서 그분들이 해주었던 사랑을 생각하면 문득문득 죄책감이 느껴지곤 한다. 엄마의 사랑 앞에서 나는 자주 무능력해진다. 그럴수록 이 세상을 좀 더 잘 살고 싶어지기도 한다.

엄마의 대답 후에 나는 잠시 간격을 둔 다음, 대답했다.

"등산도 좋네요. 여기는 나무가 아직 어려서 단풍이 멋은 없어요."

"그래? 그럼 잘 다녀올게."

엄마는 반갑게 전화를 끊었다. 엄마는 놀다 오라는 허락을 받은 사춘기 중학생처럼 신이 났다. 반가워하는 목소리에서 안도감을 느꼈다. 이깟 일에 안도하는 내가 조금은 한심하게 느껴졌지만, 자신의 시간이 필요하다는 그분들의 메시지를 받아서 좋았다. 내가 있어서 엄마가 행복했으면 좋겠다. 그러나 내가 아니라도 엄마의 마음 안에서 행복이 퐁퐁 솟아났으면 좋겠다.

아이들이 시끄럽게 떠들고 웃고 싸우는 사이에서 부둥켜안으며 우리끼리 따뜻한 기운을 지펴보기로 했다. 그분들이 문을 열고 다시 들어오시는 그 순간까지는. 보고 싶은 마음만을 간직한 채로 우리는 편한 손님을 기다린다.

3
부족함 사이에서

나와 큰아이, 작은아이, 우리 셋은 함께 자려고 누운 뒤에 스탠드를 끄고 어둠 속에서 뒹굴뒹굴대며 그날 있었던 일을 중구난방으로 이야기한다. 커튼으로 창밖의 가로등 불빛이 간신히 새어 들어와 형체나 분간할 수 있는 정도이기에 이 캄캄함은 덜 방비한 채로 자신의 이야기를 털어놓게 해줄 수 있다. 표정을 들킬 염려도 없고 다소 민망한 얘기도 잠들어버리면 끝이다. 상대든 나든 그 어느 쪽이라도.

별일 없었던 날이라면 이 시간에 첫째는 대부분

앞구르기를 하거나 벽에 기대 물구나무를 서며 산만하게 군다. 그러면서 기분 좋았던 일, 맛있는 간식이 나온 일을 지나가듯 슬쩍 흘리듯 말해준다. 속상한 일이 있던 날에는 짜증을 내며 낌새가 다르다. 어제가 그런 날이었다. 무슨 일이 있었냐고 묻자 기다렸다는 듯이 대뜸 하는 대답이 그랬다.

"엄마, 유치원에서 나 속상한 일 있었어요."
"응, 뭔데?"
"장하늘이 나랑 블록을 만들다가 잡기 놀이한다고 가버리고, 준영이가 하늘이를 따라가다가 실수로 찼어요. 오늘 한율이도 감기가 심하다고 안 오고……. 혼자서 블록을 만들었어요."

단짝 친구도 오지 않아서 하루 종일 혼자 놀았는데, 그나마 같이 놀던 친구까지 가버리고 혼자 남겨져 서러웠구나. 아하, 우리 아이도 혼자라는 일의 슬픔을 느끼는 나이가 되었구나. 나는 아이를 안고 토닥였다. 첫째는 구슬 같은 눈물을 쓱쓱 닦다 말고 몸을 돌려 앉더니 말했다.

"좋은 일은 맨 마지막에 일어났어요. 지수가 블록을 만들러 와서 다 같이 블록놀이를 하고 놀았어요."

곧 친구들이 왔다니 다행이긴 했다. 그러면서도 답답했다. '아니, 이 녀석 말이야. 혼자 놀기 싫으면 저도 내버려두고 잡기 놀이하러 따라가면 될 일이지 혼자 남아 아무렇지 않은 듯이 누군가가 와주기를 기다리고 있다니. 저런~ 적극적이지 못한 녀석.'

우리 집 첫째는 조금 예민하고 조금 외로워한다. 나는 그 아이 마음속에 일렁이는 외로움을 조금 안다. 어린아이들은 보통 계산 없이 내키는 대로 움직인다. 감정도 관계도 말이다. 어느 날은 싸우며 돌아섰다가도 넘어설 수 없는 구덩이가 파이기 전에 다시 흙이 채워져 친구로 연결되곤 했다. 겉으로 보기에 친구들과 별문제 없이 지내는 아이는 왜 자꾸만 외로움을 표현하는 걸까. '혼자 놀았다'는 첫째의 말에 내심 쯧쯧, 하며 짠하고도 한심한 마음이 드는 이유를 모르지는 않았다. 바로 어릴 때 내가 그런 아이였기 때문이다. 자고로 어린아이란 여기저기 끼어서 기웃거리며 속마음이 다 보이게 행동해야 맞는 거 아닌가. 점잖은 척이 무슨 소용이란 말인가. 그러나 나는 그런 아이가 아니었고, 첫째도 어김없이 닮아버렸다.

"마음에 맞는 친구가 없어요."

혼자 노는 슬픔을 토로하는 첫째를 보며 나는 이 아이가 마음속에 '나는 혼자다'라는 생각을 얼마나 가지고 있는지 궁금해진다. 혼자가 되기 싫어서 노력하고 있는 걸까. 혼자 노는 건 이 아이에게 얼마나 싫은 일일까 하고. 그 마음은 언젠가의 내가 가졌던 마음이기에 쉽게 지나쳐지지 않았다.

며칠 전 단체 채팅방의 대화에서 친구들은 서로 질세라 아이에 대해 속상한 마음을 나풀나풀 풀어놓았다.

"우리 애는 너무 소심해. 수업 과제를 일주일째 붙잡고 있어. 찢고 다시 하는 게 세 번째야. 아유, 답답해서."
"열심히 하는 거 아냐? 우리 집 애들은 과제를 지나치게 순식간에 끝내거든. 나란히 앉아서 만화책을 보고 있어서, 숙제하라고 했더니 다 하고 보는 거라고 하더라. 그거에 비하면."

농담이 섞인 부러움과 위로가 서로 오간다. 엄마들도 속상해서 말하는 것이라, 딱히 해결방법은 없어 보인다. 우리가 괜찮다고 위로를 해 보지만 그 엄마의 속상함에 얼마나 가 닿을지는 모르겠다. 엄마들의 대화 속에는 부족하고 못하는 아이들이 둥둥 떠 있다.

아이들이 부족하기만 할까. 춤추기의 영재도 있을 것이고, 그림 그리기나 오리기의 영재도 있을 것이다. 엄마들이 매일 보는 자기 아이들의 재능을 모를 리는 없다. 그런데도 그네들이 부족함만을 찾아 헤매는 이유는 뭘까. 자신의 잘난 점은 내리고 겸손하게 말해야 한다고 배워온 사회적인 분위기 때문일 수도 있다. 그러나 그보다는 아이들에게서 마주하는 부족한 모습들이 어디선가 한 번쯤 겪어본 모습이기 때문일 것 같다. 바로 엄마 자신 말이다.

아이가 꼼꼼해서 힘들다고 말하는 엄마는 빈틈없이 일 처리를 잘하는 사람이다. 과제를 순식간에 끝내고 논다고 하는 집 역시 그렇다. 평소에 그 집 엄마도 "이거 하고 드라마 보고 싶어서 할 일을 빨리 끝낸다."고 자주 말한다. 아이도 자연스럽게 숙제를 빨리 해치우고 만화책을 보거나 게임을 하는 일이 나쁘다고 생각하지 않을 것이다. 자식의 어떤 못난 행동도 "저 녀석, 저러는 거 꼭 나 닮았어." 하며 기꺼이 받아들일 법도 한데 엄마들은 아이가 잘하는 것보다는 부족한 것에 눈이 간다. 부족한 면을 토씨까지 찾아서 걱정을 한다. 저 아이는 나처럼은 안 살았으면 좋겠는데, 나는 성격 탓에 피곤하게 살며 지금껏 고생했는데, 그게 얼마나 자신을 끝내 괴롭히는 상처가 되는데, 하필

나의 그 못난 면을 닮아서 걱정이라며 애태운다. 나 역시 그런 엄마다. 부모가 아이에게 거는 기대는 얼마만큼 허용될 수 있을까? 이 세상에 온전히 무난한 사람은 여태껏 실재한 적이 없다는 정설은 자신의 아이에게만은 모조리 비켜 간다.

나의 다양한 면면들 역시 아이들에게 골고루 나누어져 있다. 아이들은 때로 언어에 대해 섬세하고, 강아지처럼 바깥 산책을 좋아한다. 일상에서 무의식적으로 발현되는 닮은 행동들은 원래 타고난 점에 더해서 평소 엄마로부터 보고 익힌 모습들까지 섞여 있는 미묘한 형태다. 때문에 아이들에게서 발견되는 비슷한 꼴은 약간은 소름 돋을 정도로 머리가 쭈뼛 서는 장면들이다. 체념할 수밖에 없는 모습들이기도 하다. 동시에 낯선 어떤 이에게서 발견되더라도 이상할 게 하나 없는 사람들의 보편적인 패턴일 수도 있다.

우습게도 한때는 혼자 다니는 게 편하면서도 두려웠다. 나는 사람들이 하는 말에 쉽게 영향 받으면서 또 반대로 나를 있는 그대로 인정받고 싶어 했다. 무한한 사랑을 받기를 원하는 모순적인 감정 속에서 갈피를 잡지 못했다. 꼬맹이였을 때 무리에서 벗어나 혼자가 된다는 일은 두렵고 무서운 일이었다. 친한 친구들과 떨어져 새로운 학교에 다니게 되었을 때, 복도에서 삼삼오오 모여 웃고 떠드는 또래들 사이를 지나치며 여기서 내가 적응할 수 있을까 움츠릴 수밖에 없었던 시간들이 있다. 마음에 맞는 친구를 찾아 교류하면서 자신의 세계를 확장시켜 나가는 우정을 얻는다는 건 넉넉한 미덕이다. 하지만 혼자 있는 시간 역시 만족스러울 수 있다. 혼자 있다는 건 의도적으로 고립된 게 아니라 자발적인 선택이며, 무엇이든 할 수 있는 자유로운 상태이기도 하다. 이런 결론을 내리기까지 꽤 오랜 시간이 걸렸다.

나에 관해서라면 이제 어느 정도는 맘에 들지 않는 구석을 받아들였다. 그런 부분에 대해 정말 아무렇지 않은 날이 없다면 거짓말이다. 하지만 어쩔 수 없는 건 어쩔 수 없는 것이다. 스스로 자신을 바라볼 때, 무엇이 부족하다는 생각으로 자신을 강박하지 않는다. 시간이 흐르면서 자연스레 모난 부분이 깎이기도 하고 푹 파인 부분이 채워지기도 하지만 결국 '나'는 '나'라는 사람일 뿐이다. 나의 좋은 점들을 가장 잘 알고 있는 유일한 사람 말이다.

내 아이 역시 친구들 사이에 쉽게 끼어들지 못하고 쭈뼛거리는 과정에 익숙해져야 하는지도 모른다. 처음부터 혼자인 상황이 아주 괜찮지는 않을 것이다. 나는 부족한 사람인가 고민에 빠질 수도 있다. 한 가지 확신은 자신에게 가장 잘 어울리는 방식을 발견해내려면 고민이 필요하다는 거다. 결국에 아이는 부족한 사람인 채로, 자신에게 가장 적합한 방식으로 당당하게 살아가는 법을 찾으리라 믿는다.

일말의 희망을 남겨둔다. 비록 나를 닮았더라도, 나보다 빨리 자신에게 맞는 방식을 찾아내기를 바란다. 그 기대까지 깨끗하게 포기할 수는 없다는 걸 엄마라면 이해할 것이다.

4

최고의 장래희망을 찾아서

둘째가 혼자 앉아 병원놀이를 하고 있었다. 인형을 데려다가 진찰해주고 밴드를 붙여주고 약을 먹이고, 움직이지 말고 계속 누워있어야 한다며 처방을 내리는 모습이 병원이라면 빠삭하게 알고 있다는 태도였다. 아마도 둘째가 태어난 3년 동안 집 외에 가장 자주 가본 공간이 병원이기 때문일 것이다. 그 모습을 가만히 바라보고 있던 어른들은 무심결에 이런 질문들을 했다.

"우리 서안이는 의사 될 거니?"

둘째는 알아들었는지 못 알아들었는지, 병원놀이만 계속하면서 아무런 대답이 없었다. 그런데 옆에 있던 첫째가 대신 이렇게 대답했다.

"아유, 여자는 의사가 될 수 없어."

"여자 의사가 왜 없어? 네가 좋아하는 그 선생님도 여자 의사신데. 엊그제도 갔었잖아."

주방 쪽에 있던 내가 갑자기 빠르게 다가가 불끈 화를 내는 식으로 맞받아치자, 첫째는 웃는 것 같았다.

"유치원에서 기태가 여자는 의사가 못 된다고 했어요. 여기 책에도 여자는 간호사, 남자는 의사잖아요."

헷갈렸다. 친구가 한 말을 단순히 따라 한 건가? 아니면 저 아이도 동조하는 건가? 집에서는 남자이며, 여자이며 이런 이야기를 한 적이 없는데, 동생에게 질투가 나서 그런가?

"여자랑 남자랑 달라요. 여자는 무조건 분홍색, 남자는 파란색이에요. 저도 파란색이 좋아요."

첫째라는 '남자'를 대상으로 네가 알고 있는 것은 잘못되었다고 조목조목 따지고 싶었다. 그러나 내가 마주 보고 있는 것은 6살인 나의 아이였다. 생각을 검열할 게 아니라 건강하게 설명해야 했다. 첫째를 앉히고 남자와 여자 모두 의사와 간호사가 될 수 있고, 친구의 말이 다 맞는 말은 아니며, 여자든 남자든 구분 없이 좋아하는 색깔은 다르다고 말해주었다. 자꾸만 첫째의 가벼운 웃음이 신경 쓰였다. 둘째는 우리를 가만히 쳐다보고 있다가 "음, 저는 소방관 될 거예요." 하고는 불 끄는 놀이를 시작했다.

아이들의 말은 밖에서 수집해온 인상 깊은 말들의 잔치 상이다. 출처가 정확하지는 않다. 아마도 TV와 어른들과 친구들의 것일 말들을 흉내 내 흡수해 왔다가 그들만의 보따리에서 하나씩 풀어놓는다. 그 둘의 대화는 가끔은 순진한 아이들의 나눔이고, 또 때로는 어설프게 조합한 어른들의 흉내이기도 했다.

둘째가 수집할 수 있는 말들은 어린이집 선생님과 또래 친구들, 가족들, 만화들에 있었다. "네에~그럼요~" 하며 대답하는 말투에서 어린이집 선생님이 튀어나왔고, 또 "수저? 수저!" 할 때는 할머니가 둘째의 말 속에서 덩달아 튀어나왔다. 그 외에도 둘째에겐 오빠라는 무궁무진한 언어 창고가 있었다. 둘째는 한참 오빠를 따라 했다. 둘이 함께 있을 때는 분명 달라 보이는데, 첫째 없이 둘째만 있을 때면 말이며 행동이며 말투까지도 가끔은 첫째를 복사한 것 같았다. 혀를 내밀며 상대를 놀리거나, 드러누워 팔다리를 휘두르며 짜증을 낼 때도 여지없이 똑같았다. 둘째는 그 자체로 둘째였고, 또 첫째였다. 둘은 거의 매일 붙어 있었기 때문에 잘 노는 날에도 나는 간혹 염려스러웠다. 세상을 흡수하는 중인 둘째가 첫째에게서 무엇을 받아들일지 확신할 수 없는 까닭이었다. 둘째보다는 머리가 큰 첫째가 놀이를 주도하는 동안 둘째는 영원히 간호사였고 첫째는 끝끝내 의사가 되었다.

아이들은 자신에게 있는 것을 자랑하기도 했지만, 그보다는 자신에게 없는 걸 부러워하여 뺏기 위해 자주 싸웠다. 한참 둘째가 배변을 연습 중이었다. 둘째는 오빠처럼 변기 옆에 서서 쉬 하는 흉내를 냈다. 그 모습을 보고 첫째가 다가가 의젓하게 말을 건넸다.

"서안아, 너는 고추가 없어. 오빠는 남자라서 서서 쉬를 할 수 있지만 너는 여자라서 앉아서 해야 해."

그 말을 들은 둘째는 "나는 고추가 없대요." 하며 엉엉 울었다. 아무 생각이 없는 아이들과의 이 대화 앞에서 나도 울고 싶었다. 첫째의 말에서 아니라고 할 부분이 없어서였다. 앞으로 얼마나 많은 차이에 부딪칠 것인가, 나는 무엇을 설명해야 할 것인가, 묵묵히 까마득해졌다. 한참 뛰어놀며 친구를 알아가는 나이인 첫째에게 주의를 줘야 하는 행동의 범위도 명확하지 않았다. 둘째에게도 어떤 말은 따라 해도 되고 어떤 말은 따라 하면 안 되는지 경우의 수는 달랐다.

남자와 여자를 가르는 말들은 우리 집 구석구석에도 얼룩처럼 묻어 있다. 첫째에게는 "남자가 쩨쩨하게 그러면 안 되는 거야~"라는 말. 둘째에게는 "여자가 옷 벗고 다니면 안 되는 거야~"라는 말. 우는 첫째에게 "남자는 용감하고 씩씩하게 하는 거지?"라는 말. 둘째에게는 "앞치마 찾는 걸 보니 여자애는 여자애다." 하는 말. 그럴 때마다 일일이 내 생각을 전하기는 했지만, 아이들이 커나가는 속도만큼이나 어른들의 머릿속에서 그 말들이 버려지는 속도도 순식간이었다.

비교란 자신의 처지를 더 명확하게 부각시킨다. 매일매일 보는 가족들 사이에서 느껴지는 남자와 여자라는 차이와 다름, 있음과 없음은 너무 빈번하게 일어난다. 우리가 있는 것보다는 없는 것을 더 꾸준히 찾아내고야 말기 때문이다. 마음 안에 결핍이라는 자석을 갖고 있다는 듯이.

멀리 갈 일도 할 일도 없는 오후, 집 앞 족구장에서 우리는 축구를 했다. 첫째는 제법 먼 거리에서 슛을 날려댔다. 오빠를 따라 둘째도 열심히 코트를 누볐다. 둘째는 한참을 뛰어다니다가 공을 몰고 골대 바로 앞에서 뻥 찼다. 둘째는 "골인!"을 외치고 머리 위로 박수를 치며 코트 사방을 누비고 다녔다. 세리머니만은 일급 축구 선수였다.

그날 저녁 우연처럼 동화책에는 축구 선수를 꿈꾸는 한 여자아이가 주인공으로 등장했다. 유치원 아이들은 선생님 곁에 둘러앉아 자신의 꿈을 이야기한다. 디자이너가 꿈인 남자 친구, 건축가가 꿈인 여자 친구, 요리사가 꿈인 여자 친구, 의사가 꿈인 남자 친구, 성별의 차이 없이 장래희망은 나열되었다. 둘째는 이 동화책이 마음에 들었는지 몇 번이고 다시 읽어달라고 했다. "그래, 그래."를 외치며 다시 읽어주었다.

"그래서 너희들은 뭐가 될 거니?"

잘 자리에 한 이불을 덮고 아이들을 양팔에 끼우고 최대한 아무렇지 않게 물었다. 그러나 마음은 살짝 긴장되었다. 아이는 어떤 대답을 할까. 소방관이라면 매일 듣는 말이라 그러려니 할 테고, 가수라고 한대도 끼가 있나 살펴볼 테고. 무슨 말을 하더라도 꼬리에 생각을 달게 될 것이다. 남자애가, 여자애가. 사회적인 인식이라는 평계를 대며 가능성을 점쳐보고, 편견을 이겨나갈 능력을 갖추었는지도 저울질하리라. 부모란 역시나 쓸데없는 걱정을 달고 사는 사람들이다. 어차피 엄마의 마음에 꼭 맞는 정답이란 존재할 필요가 없었지만, '그래도. 혹시나'라는 접속어가 마음 한구석에 자리 잡고 있었다.

첫째는 옆에서 질문을 듣자마자 장래희망을 늘어놓고 있었다.

"저는 경찰관이요. 아니, 공룡탐험대요. 아니 우주비행사요. 아니, 저는 로봇 될 거예요. 로봇을 10개 연결한 기차가 될 거예요."

네가 자랄 때쯤이면 정말 사람 신체의 일부에 로봇을 장착할지도 모르겠다는 대꾸를 하며 첫째의 이야기를 한참 듣고 주거니 받거니 대답한 후에, 공평하게 나는 둘째에게 또 물었다.

"서안아, 서안이는 나중에 뭐 할 거야? 소방관 할 거야?"

둘째는 또 딴청이었다. 둘째는 뒹굴뒹굴하다가 나를 보더니 씩 웃으며 작게 웅얼거렸다.

"서안이."

"응, 뭐라고?"

"서안이는 서안이예요. 서안이는 커서 서안이 될 거예요."

"아."

혀 짧은 소리로 숨을 고르며 말하는 데에는 한 치의 주저함도 없었다. 부모인 나조차도 어렸을 때부터 한 번도 고려해보지 못한 희망이었다. 더 이상 훌륭한 장래희망은 있을 수가 없었다. 마음이 꽉 차올랐다. 자기다움으로 자라서 마지막엔 자기 자신이 되겠다는 최고의 장래희망. 그런 장래희망이라면 엄마는 너를 항상 응원해야지. 암, 그렇고말고.

나는 잠이 든 둘째의 손가락을 만지작거렸다. 둘째의 통통하고 보드라운 손가락이 축구공처럼 동그랗게 말려 있었다.

5

언젠가는 모두가 별이 된다고 해도

즐거운 날도 있지만, 갈등으로 시작해서 갈등으로만 끝나는 저녁도 있다. 저녁에 퇴근하고 보니 엄마가 와 있었다. 엄마가 얼굴도 쳐다볼 겨를 없이 싱크대를 가득 채운 채소들을 다듬으며 말로만 왔느냐는 인사를 했다. 커다란 무를 도마에 놓고 큰 칼로 썰고 있었다. 썩, 썩, 소리가 났다. 이런 날에는 으레 엄마의 하소연 겸 수다를 들어야 한다. 엄마는 냄비에 무를 집어넣으며 말했다. "오늘 무슨 일이 있었는지 아니, 내가 말해 볼까. 너희 아버지는 참 답답하다, 왜 그럴까."

가방을 풀며 엄마의 말을 듣는다. 분주히 요리하며 말을 거는 엄마의 등을 나는 오랜 시간 지켜봐 왔다. 점차 그 방면으로 경력이 쌓여 그다지 어렵지 않게 반응할 수는 있다. 먼저 고개를 끄덕거리며 듣는다. 흘려듣기도 하고 어떤 문제는 해결책을 제시하기도 한다.

정작 괴로운 일은 다른 데에 있다. '엄마도 그렇게 사는구나.'라는 여자로서의 동질감을 느끼고, 또 '아버지도 불쌍하구나.'라는 딸로서의 연민도 동시에 생겨나 무엇이라고 대답하기 어렵다는 점이다. 다소 시선을 내리깔고 결이 생긴 손톱을 만지작거리며 '그만하세요.' 아니면 '그러네요.'라는 대답들을 할까 말까 떠올려볼 뿐이다.

엄마의 말인즉슨 너희 아빠는 식구들만 챙기지 나머지는 뒷전이라는 거다. 그 식구는 우리 가족뿐만 아니라 친가 쪽 친척들 모두를 의미하기도 했다. 바운더리 밖에 있는 타인에겐 이해관계를 따지는 아버지라도 자기 사람에게는 가진 걸 먼저 내어주며 무한정 애정을 쏟았다.

아버지도 엄마가 탐탁지 않다. 아버지는 종종 엄마에게 남

좋은 일을 너무 많이 시킨다고 타박하곤 했다. 보수도 받지 않고 도와주면 누가 아느냐고, 자기 가치는 자기가 높여야 한다고 말이다. 그래도 엄마는 도와주면 다 보답 받는 게 있다고, 사람 도우며 사는 게 인지상정이라고 대꾸한다.

다 옳은 말이었지만 '나라도 잘 하자.'는 생각을 가지고 사는 나에게는 둘 다 수용하기에 어려운 의견이다. 가족들이 가진 각자 다른 가치관의 기원을 캐내기란 부질없고 요원한 일이다. 각자 입장을 설명하는 일은 생략하긴 해도 절대 융화되는 법이 없다. 자잘한 생활들 사이에서 겹겹이, 또 켜켜이 서로를 긁어대며 소란스러운 소리를 만들어낸다. 퇴근 후 지친 채 가족들을 또 헤아리기가 벅찼다. 오늘 내게 일어난 일들만 감당하고 싶었다.

옷을 갈아입으러 방으로 들어가는 내 뒤통수에 대고 엄마는 말을 이어갔다.

"또 있다. 유치원에 데리러 갔는데 저 애가 왜 할아버지가 데리러 왔느냐고 인사도 안 했다고 하지 않니."

국물이 부글부글 끓는 소리 사이로 희미하게 대답을 한 후 방으로 들어왔다. 가족 중 어느 하나 불만 없는 관계를 만들지는 못할 거라 생각하면서도 마음이 시렸다. 아버지를 속상하게 만든 게 모두 내 잘못인 것만 같았다.

아버지는 손주에게 잘하면 쌀가마니가 생긴다는 말을 종종 들먹거렸다. 지난번엔 아버지 친구에게서 손주가 아르바이트를 해 할아버지에게 용돈을 주었다는 말도 듣고 왔다 전했다. 하지만 그보다는 손주들에게 기대감이 있었다는 게 더 맞는 설명이다. 자라나는 모양새에서 사랑을 느끼는 거였다. 이제 막 통에서 나온 찰흙처럼 아이들은 보드랍고 만지는 대로 여러 가지 모양으로 변할 수 있었다. 며칠 전에도 아버지는 종업식을 하며 받아온 아이들의 사진첩을 가만히 들여다보면서 진지하게 말씀하셨다.

"우리 애들은 뭐가 달라도 달라."
"그럴 리가요. 애들 다 비슷하죠."
옆에 있던 나는 웃고 말았다. 대체 특별할 게 뭐가 있겠는가? 그저 다른 아이들 사이에서 블록을 쌓고 요리를 하며 놀고 있는 사진들인데?
"아니야. 행동하는 게 다른 애들과는 다른 특별한 게 있어."
나는 말없이 끄덕거렸다. 당신 눈에 특별해 보이는 손주들을 평범하다는 말로 깨뜨릴 만큼 잔인할 필요는 없었다.

아버지는 첫째를 아기처럼 다뤘다. 아이가 조립을 하느라 조막만 한 손을 서툴게 움직이고 있을 때면 "할아버지가 해줄까?" 하며 같이 하자고 끼어들었는데 아이는 점점 "아니오."라며 거절했다. 도리어 "할아버지, 이거 가르쳐 드릴까요?"라고 묻는다. 무심한 엄마이면서도 나는 아이에게 자신만의 세계가 시작되었다는 걸 깨닫는다. 친구 같은 할아버지나 부모로 남을 수 있는 시간은 점차 지나가고, 우리가 아이에게 같이 있자고 부탁해야 하는 시기가 다가오고 있었다. 아무리 사랑해도 그 사랑이 돌아오지 않을 수 있다는 건 상상으로도 받아들이기 힘든 일이다.

적절하게 아이와 관계 맺는 어른이 지구상에 있긴 할까? 친근하면서도 어른다운 부모의 모델이 있긴 할까? 시시각각 변하는 아이들의 마음을 알아차려야 가까이 다가갈 기회를 겨우 얻을 수 있다. 기억하는 한 우리는 사랑에 있어 완벽하지 못한 어른들이었다. 너무 넘쳤거나 너무 부족했거나. 적절한 때란 마음으로만 되는 일도 아니었다. 사랑이나 성장의 기회를 아이들은 먼저 알아차리면 훨훨 날아가 버렸다. 우리는 아이들을 노상

기다렸다. 그리고 항상 졌다.

갈등 해소의 실마리는 엉뚱한 데서 찾아왔다. 그날 밤에는 눈이 내리기 시작했다. 아침이 되어서도 눈은 계속 내리고 있었다. 아이들은 창문에 붙어서 눈을 보며 신이 나 깔깔거렸다. 아직도 흩날리는 눈발에 길은 얼고 미끄러웠다. 날씨가 궂은 날엔 으레 아버지에게 전화를 건다. 먼저 뭐 하시냐 묻고 마지막엔 "걸어 다닐 때 조심하세요. 웬만하면 집에 계세요."라는 주의와 당부를 하곤 했다.

잔소리로 느껴질 말들은 삼키면 좋겠지만 그래도 또 결국 하고 만다. 그 말을 결국 뱉고 마는 건 안부가 아니라 무슨 일이라도 일어날까 싶은 걱정을 조금이나마 덜고자 하는 노력이라는 걸 아버지가 결코 몰랐으면 좋겠다.

전화를 걸자 아버지는 숨소리가 거칠었다. 아침부터 밖이라는 뜻이었다. 추운데 등산 중이시냐 여쭈니 아버지는 "거, 그러니까."라며 잠시 머뭇거리다 대답했다.
"눈을 쓸고 있다."
"어디서요?"

"아, 있잖아. 그 어린이집이다."

집에서 대문을 열면 어린이집 하나가 나타난다. 9시가 넘으면 도착한 노란색 버스에서 아이들이 차례차례 내려 교실로 들어간다. 그 주차장 입구는 경사가 몹시 급한 비탈길인데다 길이 좁아 차량 두 대가 마주 보자면 서로 조심조심 비켜 가야 했다. 아버지는 지금 그 비탈길을 쓸고 있다는 말이었다.

잘못 들었나 싶었다. 아버지는 변명처럼 주섬주섬 말을 꺼냈다.

"집에서 보고 있자니 길이 얼 것 같아서……. 버스가 미끄러지기라도 하면 아이들이 다칠 것 같아서 말이다."

아버지가 쑥스러워하자 딴 사람 같았다. 녹아 사라지는 눈발을 맞으며 털모자를 쓴 채 눈을 쓸고 있을 아버지가 전화기 너머로 떠올랐다.

오래 보고 살면서도 뼛속 깊이 알기는커녕 모르고 사는 점이 훨씬 많다. 그렇기에 이따금씩 익숙한 사람의 낯선 아름다움도 발견하는 모양이다. 불특정한 악의가 있다면 불특정한 선의도 있지 않나. 그 미지의 가능성이 없다면 우리가 이 불확실한 세상에서 살아가는 일은 더더욱 어려울 것이다.

아기 새처럼 조심조심 줄을 지어 얼음길을 걸어갈 어린아이들을 곱게 여기는 마음은 본 적도 없는 곳에서 새롭게 오지 않았다. 내 가족을 귀하게 여기는 데에서 아버지의 모습도 왔다. 가장 가깝고 소중한 걸 지키려는 마음에서 변화는 시작된다. 아버지의 따스함은 어디로 퍼져갈까. 어디로 향해 냉정한 그 무엇을 녹일까.

얼마나 더 좋은 곳으로 향해 갈지 당장은 알 수 없다. 오늘은 끝없이 넘실대는 갈등 위에서 균형을 잡지 못해 쓰러질지 모른다. 다만 갈등의 항해가 끝나면 이해라는 신대륙에 안착할 수 있으리라는 예감은 분명히 든다. 얼음을 딛고 날아간 아이들은 그 사랑을 디디고 자라난다. 그 사랑으로 자기네들이 만들 세상을 잘 살아갈 수 있다. 또한 받아왔던 사랑을 어떤 식으로든 계속해서 이어갈 것이다. 여태껏 우리가 매번 그래왔듯이. 그조차의 믿음도 없다면 우리는 아무것도 아니다.

8월이었다. 곧 아기를 처음으로 낳아야 했다. 막
막했다. 8월이 아기를 낳기에는 지나치게 더운 때라
는 것도 그다지 실감하지 못했다. 만삭의 배가 부른
채로 사무실 의자에 앉아 숨을 몰아쉬고 있으니 지나
가던 부장님이 그랬다.

"덥지. 어쩌나. 아기 낳으면 조리하느라 더 더울
건데."

나는 생각했었다. 어떻게 되긴 어떻게 되겠어. 좀
덥고 말겠지. 에어컨도 있고. 난 별로 더위도 타지 않
는다고.

자신만만했는데. 무진장 더웠다. 집 아닌 곳에 있자니 영 불편했다. 무슨 배짱인지 3일 만에 퇴원을 한다고 하니 사람들이 물었다.

"친정으로 가? 친정엄마가 조리해 주시기로 했어?"

그것도 아니었는데. 괜히 불쌍하게 보일까 봐 말을 아꼈다. 잘되겠지. 맘 편히 그렇게 생각하기로 했다.

엄마는 일을 하고 있었다. 결혼 전에는 엄마와 살아서 엄마가 얼마나 바쁜지 알았다. 이런 여름에 엄마는 아침 해가 뜨면 출근을 해서 저녁 해가 지고 나서야 땀에 절어서 돌아왔다. 엄마는 일이 남아 있는데 자신만 퇴근하면 마음이 불편하다고 말했다. 자기보다 더 늦게까지 남아 있는 사람들도 있다고, 함께 있는데 혼자만 나오기도 힘들다고도 했다. 벌겋게 익은 얼굴을 하고 집에 돌아오면 곧이어 샤워하는 소리가 들렸고, 잠시 후 조용해서 방에서 나와 보면 어느새 코를 골며 입을 하아 벌린 채 자고 있었다. 조심스럽게 쓸어내려 주어도 입은 다시 열렸다. 큰 숨을 마음 놓고 쉬는 것 같았다.

얼마나 피곤했으면. 엄마가 잠자는 얼굴에는 감히 선풍기 바람으로도 날려 보낼 수 없는 피곤이 서려 있었다. 엄마의 몸통

이 오르락내리락하면 괜히 안심이 되었다. 온 힘을 끌어모아 최선을 다해 사는데도 달라지는 게 없을까 두려운 마음은 기억하고 싶지 않았다.

퇴원 후 엄마는 거의 우리 집에 와보지 못했다. 택시에 반찬을 실어 보냈다. 승객은 없고 커다란 가방 두어 개만 싣고 온 기사님에게 얼른 뛰어가 반찬을 받았다. 엄마는 택시로 반찬을 보내고 한참 뒤에야 전화를 해서 "잠깐 시간이 나서 반찬을 만들었지. 택시로 보냈다. 지금 먹어야 돼. 시간 지나면 맛없어."라고 당부를 했다. 고마우면서도 한편으론 '뭘 이렇게까지.' 싶기도 했다. 별다른 해결책도 없으면서, "엄마가 너무 바쁠 텐데, 자기 몸을 먼저 챙겼으면 좋겠다."고 남편에게 말했다.

엄마는 일하고 밤늦게 들어오면서도 다음 날 일찍 일어나 반찬을 만들었다. 나물이 많았다. 호박 나물, 무나물, 들깨버섯나물, 양배추나물, 가지나물. 데쳐서 기운이 적당히 꺾인 아삭한 나물에 밥 한 공기가 어느새 사라져 있었다. "엄마는 언제 이런 걸 다 만들어?"라고 놀란 눈으로 물으면 "금방 만들어."라며 배시시 웃었다.

엄마가 나를 사랑한 방식이었던 것 같다. 밥 말고는 나도 엄마에게 바라는 게 없었고. 하루를 사는 게 바쁜 엄마에게 더 이상 바랄 수가 없었던 건지도 모르겠다. 엄마 손에서는 항상 마늘향이 났는데 언제부터인가 그것이 엄마의 냄새가 되었다. 엄마가 두툼한 손을 내밀 때 풍기는 독하고 알싸한 향을 맡으며 나는 평생을 가도 엄마 밥처럼 허전한 마음까지 꽉 차게 부른 밥을 만들지 못할 거라고, 엄마의 밥을 먹으며 생각했었다.

내내 부엌에 있으려니 할 일이 너무나 많았다. 요리는 레시피대로 따라 해도 맛이 없었고 아이도 잘 먹지 않았다. 내 속에 우리 엄마에게서 본 다정함이 없어서일 거라고 자책을 하다 보면, 밥이 고팠고 엄마가 그리웠다. 바빠서 연락도 잘 되지 않는 엄마와 전화 통화라도 할 수 있으면 얼마나 좋을까 싶었다.

"엄마, 나 안 보고 싶어?"

"보고 싶지."

"엄마, 나 거기 갈까?"

"여기? 남편은 어쩌고?"

"그냥. 며칠만."

"그래? 그래도 돼?"

친정에 가봤자 아무도 없다는 걸 알고 있었다. 그래도 예전처럼 아침과 저녁 잠깐씩이라도 엄마를 볼 수 있어서 만족했다. 엄마도 자주 웃었다.

엄마는 아침이면 식탁에 두세 가지의 나물과 국을 차려놓고 나갔다. 아기에게 밥을 먹이고 놀아주고 집에서처럼 설거지나 빨래를 했고, 저녁에 엄마가 돌아오면 오늘 아기와 놀며 있었던 일을 이야기해주었다. 그냥, 잘 모르겠다. 엄마에게도 누군가가 필요했다는 생각이 들었을 뿐이다. 자신에게 기대오는 사랑 때문에 버텨지는 하루가 있다. 오묘하게도 사랑을 받는 일보다도 사랑을 내어주면서 자신을 더 잘 지탱할 수도 있다.

밤에 자려고 내가 누우면 엄마도 그 옆에 누웠다. 하아, 좋다 이러면서. 엄마는 잠이 와서 눈을 끔벅거리면서도 졸린 목소리로 오늘 있었던 일을 주섬주섬 이야기했다. 엄마는 언제까지 일할까. 관절염도 있고 곧 앞자리 숫자도 바뀌는데. 어느 밤에 나는 듣다가 엄마에게 물었다.

"고생 많네. 엄마, 그만둘래?"
엄마는 대답은 없었고 허튼 소리라는 듯 조용히 웃기만 했다.

"진짜야. 내가 벌어올게."

"무슨."

"나 다시 일하러 갈까?"

엄마는 말이 없다가 잠든 아기를 향해 중얼거렸다.

"엄마는 돈 벌러 가고, 너는 할미랑 있을래? 아이구."

"뭐야, 엄마. 진짜 할머니 같아."

"그럼 엄마가 할머니지. 뭐니."

  자신이 할머니라는 우리 엄마와, 엄마가 할머니가 되기엔 너무 아까워 평생 우리 엄마이기만을 바라는 내가 마주 보고 있었다. 옥신각신하다가 엄마는 빙그레 웃음을 띤 채 한 팔을 괴고 잠이 들었다. 얼굴을 받친 팔과 손등에 검버섯이 유난히 도드라졌다. 어제저녁에 아기랑 같이 사진 찍어주길 잘했네. 나는 이불을 꺼내 엄마에게 덮어주었다. 잠든 아이가 뒤척였다. 깰세라 기저귀를 살펴보고 담요를 덮어주었다.

  아기와 엄마 사이에 누워 눈을 말똥말똥 뜨고 있다가 어느새 잠이 들었나 보다. 아침에 일어나자 엄마는 없었고 메시지만 덜

렁 와 있었다. '식탁에 밥 챙겨 먹어. 좋은 하루.' 소망도 무더기로 찾아왔다. 원하는 만큼 벌어서 엄마에게 주고 싶었다. 엄마가 근심 없이 환히 웃는 걸 다시 보고 싶었다. 엄마에게 조금만 기다려달라고 말하고 싶었다. 나는 엄마에게 답장을 보냈다.

'엄마, 같이 꽃 보러 갈까? 시간 될까?'
답장은 세 시간 뒤에 왔다.
'그래, 시간 봐서.'
'응, 엄마. 힘.'
'우리 딸도 힘내.'

결코 힘이 나지 않는 기진맥진한 상황이 있다는 걸 알면서도 엄마와 나는 서로 힘내라는 응원을 여전히 주고받는다. 힘든 날에도, 그렇지 않은 날에도. 동백꽃이 피면 꽃을 함께 보고 나뭇잎이 초록으로 두터워지기 시작하는 순간 그 푸름을 함께 보는 일들. 별이 떴다고 감탄하는 일들. 주로 좋은 걸 함께 보는 일들이다. 그런 일들을 같이하기 위하여 힘을 내자고 말한다. 쉬운 일들이라 생각하면서도 쑥스러워 못했던 일들도 많다.

정성스럽고 맛있는 밥에 고맙다고 다정한 인사를 하는 일들,

먼저 전화를 걸어 안부를 묻는 일들,
요청하지 않아도 병원에 같이 가는 일들.
고생했다고 말할 일들.
나에게 미안해하지 않아도 된다고 말할 일들,
매일의 걱정 없이 하고 싶은 걸 하고,
웃고 지냈으면 좋겠다고 말할 일들.

일하느라 스쳐 지나가는 하루의 모든 순간에
이 모든 말들도 함께 있다는 말들.

사랑하기에, 짧은 말로도 전해지는 진심이 있기에 이 무수한 말들을 '힘내'라는 두 글자에 담을 용기를 낸다. 이 두 글자로 안부와 희망과 감사를 대신하며 써도 써도 불어나는 사랑을 번다.

3장

당신을

어루만지는

순간

시詩
처
럼

나는 백화점 1층에 있는 커피숍에 있다. 커다란 유리창 옆의 테이블에 앉아 앞에는 책과 따끈한 라테 한 잔을 올려두었지만 주로 하는 일은 유리창 너머 창밖의 사람들을 흘낏대는 일이다. 혼자서만 가득 쓸 수 있는 여유 있는 시간이 생긴 날에, 나는 사람이 많은 공간에 가서 둘도 아닌 홀로 앉아 있곤 한다. 복잡한 공간에서 사람들을 유심히 바라보는 일은 나의 조용하고 괴상한 취미 중 하나일 것이다.

에스컬레이터가 띄엄띄엄 사람들을 싣고 천천히

올라갔다. 내 또래의 여성들이 삼삼오오 모여 킥킥대며 웃고 있다. 공기가 들어갈 틈이 없을 정도로 서로에게 기대 걸어가는 연인들도 보인다. 말끔하게 넘긴 머리에 정장을 갖춰 입고 바쁘게 걸음을 재촉하는 남성도 있고, 쇼윈도를 구경하느라 잠시 걸음을 멈춘 긴 머리의 여성도 있다. 아마도 우리는 행복을 사러 백화점에 오는 모양이다.

각양각색의 사람들을 한참 바라보다가 살짝 지루해져 기지개를 컸다.

"아-"

그때 누군가 옆에서 톡톡 어깨를 두드리며 부르는 소리가 들린다.

"엄마!"

엄마라고? 벌떡 일어나 주변을 휘휘 둘러보니 이곳은……. 제대로 어질러진 우리 집 안방이다.

둘째가 담요를 휘감고 찾아와 엉덩이를 하늘로 추켜올린 채 맨바닥에 엎드려 데굴거리며 못다 한 말이 있는 듯이 나를 쳐다본다. 우리 아기 일어났냐고 상냥하게 말하고, 둘째를 안고 다시 방으로 가서 눕혀봤지만 덩달아 첫째까지 깨서 일어났다. 일요일에 늦잠 따위 포기한 지는 한참 되었고, 다정한 말투는 습관처럼 튀어나온다. 밖에는 장대비가 쏟아지기 시작했고, 남편은 이 세상에 없는 사람처럼 고요하게 계속해서 잠을 잔다. 주말 아침은 이렇게 시작된다.

잠이 아직 덜 깬 둘째는 자신만의 아지트인 책장 뒤에 누워서 담요를 덮고 발을 허공에 흔들고 있다. 눈을 뜨자마자 1초만에 앞구르기로 한 바퀴 구른 후 벌떡 일어나 거실로 나가는 녀석은 첫째다. 레디, 셋, 고! 입가에는 허연 침 자국이 묻고 볼에는 길게 눌린 베개 흔적을 남긴 채로 첫째는 곧바로 끼익 대며 로봇 조립을 시작한다. 주로 들려오는 대사는 이런 식인데, '출동! 에너지 파워! 돌격!' 내가 어떤 질문을 하더라도 대답은 저 세 단어 중 하나다.

남편은 우리가 거실에서 춤을 추든, 이야기를 하든, 악을 쓰며 울든 상관없이 자기만의 잠을 잔다. 신생아가 자듯이 자는 태도에 표정도 미동도 없다. 뒤척이거나 굴러다니지도 않지만 이불 밖으로 튀어나와 있는 발바닥 위의 짧은 발가락이 이따금 수신호처럼 까딱거렸다. 그것이 너무 신기해서 가끔 자고 있는 남편을 쿡쿡 찔러보거나 때려보기도 했다. 쿡쿡 찌르면 남편은 자신이 살아 있다는 걸 증명이라도 하듯이 "으으으" 하는 소리를 내며 한번 뒤척이고, 눈을 살짝 뜬 다음 검은 눈동자를 위로 굴리며 흰자를 내게 보여주고 다시 왼쪽으로 몸을 굴려 잠이 든다. 아주 가끔, "일어났어, 일어났어……. 이것 봐, 눈 떴잖아." 라고 눈을 감고 중얼거리듯 말하는 날도 있다.

그런 모습을 매번 보여주면서도 남편은 참 웃긴 게, 아직도 자신이 멋진 남자이자 남편이라고 생각하는 점이다. 남편은 일어나면 주방을 걸어 다니며 영화 속의 주인공인 척 그 순간 할 수 있는 최대한의 시크한 표정으로 커피를 내리고 오이를 깎아 먹는다. 그러나 현실에서는 그저 자다 깨서 눈이 반쯤만 떠 있고 머리는 까치집이며 과하게 늘어진 운동복을 입고 방귀를 뿜 뿜 배출하는 빼빼 마른 아저씨일 뿐이다.

서로를 향해 눈을 맞추던 시기를 지나 우리는 늘 지쳐 있다. 차라리 월화수목금요일이 낫다. 일터에서는 모두 함께 다른 목적을 가지고 존재하면서 각자의 자리에서 시간을 보내니까. 저마다 주어진 일들에 시달리면서도 너와 나의 영역은 어느 정도 구분되어 있기 때문에. 함께 모였다가 흩어지는 일을 당연한 듯이 반복한다. 그러다가 주말이면 전적으로 나에게 맡겨진 일정과 분위기를 주도해야 한다. 남편은 내일도 자겠지. 금요일 오후부터 우울한 마음이 불쑥불쑥 고개를 쳐든다. 주말 내내 가족과 함께 있으면서도 서로 자신만의 시간을 찾아 헤매며 의례적인 대답을 주고받는 것은 얼마나 불쾌한 일인지. 아이들이 부르는 소리에 상대방이 먼저 대답하길 내심 바라며 기다리는 시간은 또 얼마나 소모적인지. 따뜻한 말 한마디를 그리워하면서 내가 먼저 건네지 못하는 것은 왜 합당한 일이 되어버리는지.

이제 다시 슬슬 잠이 오는 주말 아침에 나는 남편의 기다란 발바닥을 바라보며 생각한다. 아마도 십 년 후, 또는 이십 년 후에 이 무렵의 남편을 생각할 때 가장 먼저 떠오르는 모습은 주로 이 발바닥과, 반쯤 게슴츠레하게 뜬 눈과, 머리칼이 바싹 눌려 솟구친 뒤통수와, 아이를 안고 성큼성큼 먼저 걸어갈 때 씰룩대던 엉덩이가 아니겠느냐고. 결혼하기 전에 자주 입었던 후드 티셔츠와 물 빠진 청바지가 그 뒷모습 위로 겹쳐지기도 하지만 그 사람과 저 사람의 간극은 얼마만큼의 시간인지 가늠이 잘되진 않는다.

가끔은 남편과 아주 잘 지내고, 가끔은 남편을 아주 미워한다. 가끔은 그를 이해하고, 가끔은 이해하면서도 모른 척한다.

사랑했지만, 솔직히 사랑이 무엇이었는지 잘 모르겠고, 짠한 마음이 먼저 드는 것도 사랑인지 궁금해한다. 어려운 결정 앞에서는 늘 물어보고 의지하고 싶지만, 마음과 기분을 설명하다가 벽에 부딪쳐 이내 곧 지치고 만다. 이런 것도 사랑일까?

　피곤하며 해야 할 일이 무한급수일수록 모든 괴로움의 화살이 자고 있는 남편에게로 향하는 것은 순리다. "너희 아빠는 매일 잠만 자고 그래!" 이내 나는 누구라도 들으라는 맘으로 크게 성을 낸다. 이 순간의 나는 나의 피곤함만을 생각하는 사람이다. 남편을 비롯한 타인의 어려움과 곤란함을 고려할 여력이 없기 때문이다. 한 번 판단이 내 편으로 치우치기 시작하면 무조건 내 마음은 내 편만 든다. 실상 피하고 싶은 것은 이 생활일 건데!

　싱크대에 서서 기름 낀 프라이팬을 형광등 불빛에 거듭 비추어 보며 닦는다. 식판도 뜨거운 물로 헹구었다. 깨끗해진 접시를 엎어 놓고 설거지를 마친다. 부동자세였던 굽은 허리를 한껏 뒤로 젖혀 기지개를 켜니 배 언저리의 티셔츠가 파동처럼 물로 흠뻑 젖어 있다. 접시를 닦아 찬장에 집어넣으며 이 일을 매일 세끼 하는 사람도 있을 거라는 데에 생각이 미친다. 왜인지 모르게 미안한 마음이 든다.

끼니를 차리고 매일 그릇을 닦는 어떤 여자들이 있을 것이다. 자신을 위해서는 간소하게 접시 한두 개 놓고 때우겠지만 누군가를 위해 풍성하게 식탁을 차려야만 하는 날이 있을 것이다. 먹는 일이 매일의 축제인 대신에 치우는 일은 그 누구의 노고인지도 모르고 아무렇지 않게 지나가 버리는 일이 더 흔할 것이다. 내가 그랬으므로 안다. 그런 내가 미워서 이 고생을 모르는 저이도 밉다. 먹고 사는 일에 대한 미움을 인정하자 여럿의 고생이 보인다. 나를 키워낸 엄마라는 한 여자의 시간들도 보이기 시작한다.

그렇게 설거지를 하며 내 마음을 씻고 말린다. 미움조차 반들반들 윤기가 나도록 씻는 일이 내 몫이라는 게 좋아진다. 조지 오웰은 설거지가 글 쓰는 시간을 빼앗는 원흉이라 지적했었다. 글을 쓸 시간은 줄어들었어도 다른 사람의 고생을 떠올릴 수 있는 시간이 있어 마음은 뿌듯하다. 백화점에서 커피를 마신 후가 아니라 밥 차리고 설거지한 후 옹그린 몸을 기지개 켜는 오늘의 나는 그 마음을 글로 쓴다. 변신할 원피스도 없지만 축축한 티셔츠를 걸친 나를 추하게 생각하지 않고 껴안는 마음으로 내 비밀을 증명한다. 다소 거칠고 굴곡 있는 내 일상도 함축되고 생략 가능한 시詩가 된다.

2

부부는 비슷해진다는 속설에 대하여

내 말투를 남편이 흉내 낸다는 생각이 들었던 것
은 더듬어보니 꽤 오래전부터다. 결혼 초에 나는 남
편과 티격태격 다투면서 이런 말을 자주 했다.

"먼저 ─하게 말했다면 좋았을 **텐데**."

나름대로는 싸우지 않기를 바랐던 심정이었다.
'─해 줘.'라고 내 의견을 명료하게 전달하기에는 너
무 지시와 명령조처럼 느껴졌다. '다음번엔 ─하면
좋겠다.'라고 말해도 마찬가지다. 너는 내 마음도 몰

라주고 어째 그러느냐, 다음번엔 이렇게 저렇게 고쳐봐라 하는 화법으로 들렸던 모양이다. 우리는 서로의 말이라면 오해할 준비가 단단히 되어 있는 사람들이었다.

"이미 해 버린 일을 다시 다르게 생각해 봐도 소용은 없어. 어차피 지나간 일일 뿐이지. 다시 돌아가도 그때가 되면 또 다른 결정을 할지도 모르잖아. 그러니까 '텐데'라는 말은 의미 없는 말인 거야."

그러다 남편은 갑자기 이런다.

"나도 당신 때문에 속상했었어!" 그 후 남편의 결론은 감격적으로 마무리된다.

"여태까진 그랬지만……, 앞으로만 잘하면 돼!"

대체 무엇을??? 어떻게!!! 아무리 생각해도 갈등을 푸는 대화에는 진심이 필요한 게 아니다. 특별한 스킬이 필요하다. 출발점이 다른 생각의 회로에서 꼬인 지점을 모두가 객관적으로 짚어낼 수 있다면 세상은 평화롭기 그지없을 것이다.

먼저 양보할 생각이 전혀 없는 이 부부의 대화 패턴을 곱씹다가 내가 지나치게 '─**텐데**'라며 아쉬워하는 논조를 자주 사용한다는 데에 생각이 미쳤다. 엊그제도 그랬고, 어제도 그랬고, 3인칭의 전지적 입장에서 관찰해 보니 내가 '무엇 했으면 좋았을 텐데.'라고 말하는 일은 전 방위에 걸쳐 있었다.

냉장고 구석에 들어 있던 반찬통을 발견하고 열었다가 상해 버린 나물을 직시하면 혼자 중얼거리듯 말한다.

"일요일에 외식을 하지 않았다면 좋았을 **텐데**."

아이와 함께 외출을 했다가 갑작스럽게 아이가 보채면 또 이렇게 말했다.

"아까 낮잠을 재우고 나왔다면 좋았을 **건데**."

나는 매번 최고의 선택을 하려고 고민을 거듭했다. 자주 그랬다. 하지만 계획대로 되지 않거나 예측할 수 없는 일은 좀 많은가. 그럴 때마다 나는 결정을 내렸던 순간으로 돌아가 아쉬워했다. 궁색스럽긴. 무엇 때문에 이렇게 집착하는가! 이번이 '꽝'이라도 우리에겐 '다음 기회'라는 게 있지 않은가!

중요한 건 현재를 가장 만족할 순간으로 만드는 것이다. 과거는 이미 바꿀 수 없고 미래는 현재가 만드는 것이므로 '지금이 순간'에 집중하는 일은 타당했다. 현재는 일 초만 지나도 곧

바로 우수수 흩어지는 과거가 될 테니까. 다시 또 후회하고 아쉬워하지 않으려면 말이다. 비로소 말투를 바꿔야겠다는 결심을 했다. 습관처럼 뱉은 적이 있었는지는 모르겠지만 더 이상 그 문제로 당분간 다투지는 않았던 걸 보면 점점 빈도수가 줄어든 건 사실인 것 같았다. 나는 자부했다. 가성비 최고를 따지는 인생 방식에서 얼마만큼은 벗어난 게 틀림없어!

문제는 다른 데서 생겼다. 정작 남편이 그 말을 쓰기 시작했다. 처음에는 의미를 두지 않았다. 한동안 그 말을 무심코 흘려보냈던 나는 남편의 입에서 '좋았을 텐데'가 몇 번이고 거듭 반복된 뒤에서야 비로소 그 말이 남편의 머리 한구석에 착 달라붙었다는 것을 알게 되었다.

이를테면 이런 식이었다. 아침에 출근하며 아이 등원을 남편에게 부탁한 후, 준비물을 챙겨 보냈는지 메시지로 확인했다.
"식탁 위에 물통 챙겨 보냈지? 체육복 입혔지?"
"아, 깜박했다. 미리 말해줬으면 좋았을 **텐데**."
"……. 어젯밤에 말해줬어. 두 번이나."

일부러 내 말투를 따라 하는 건가? 때로 부부 사이는 유치하기 짝이 없다. 게다가 그 말을 듣는 입장이 되어 보니 '-텐데'라는 화법은 남 탓을 하는 분위기가 묘하게 서려 있었다. 이 단순한 사태가 반복되자 나는 몇 번의 사례를 수집한 뒤에 확실하다는 결론을 내리고, 남편이 현장에서 '좋았을 텐데'를 사용하자마자 범인을 심문하듯이 눈을 가늘게 뜨고 추궁했다.

"지금 나 따라 하는 거야?"

"뭐 말이야?"

"방금 그거. 말꼬리를 늘이면서 '좋았을 텐데…….' 하는 거. 내 말투였잖아. 당신이 싫어하던 거. 나랑 똑같은 거 알아?"

"내가 그랬나? 몰랐네. 그 화법이 괜찮더라고. 그리고 당신이 하는 건 왠지 좋아 보여서."

나는 남편을 통해 생각을 확장하고 남편은 나를 통해 어휘력을 확장하는 모양이었다. 이제 우리는 '-텐데'를 무한대로 남발하며 서로의 한심함을 농담하는 사이가 되고 말았다. 양말은 빨래 바구니에 넣으면 좋았을 **텐데**. 잠을 덜 자면 지각하지 않았을 **텐데**. 한 쌍의 잉꼬부부여. 너무나 정다울 수가.

서로의 말투를 흡수해가는 우리 부부는 주말에 우주 박물관으로 나들이를 가기로 했다. 그 날은 바람이 몹시 불었다. 유난히 우리 아이들은 부산을 떨더니 다음 날부터 콧물을 줄줄 흘려 댔다.

"괜히 갔나 봐. 우리가 바람 부는 날에 아이들을 고생시켰나."
"아냐. 환절기라서 그래."

남편은 병원에 다녀온 아이 점퍼를 벗기며 계속해서 후회를 했다. 날씨 좋은 날 가야 했는데, 우리 때문에 애들이 아픈 것 아니냐고 자문자답했다. 아이들이 좋아할 거라고 생각해서 피곤한 몸을 이끌고 열심히 검색해서 간 곳인데 그게 뭐라고 그렇게 후회를 하나! 그러나 실은 나도 똑같은 생각을 하고 있었다! 참고 듣다가 이내 속상해져 외치고 말았다.

"왜 대체 그런 말을 해! 지나간 일인데."
"안 아팠으면 좋겠으니까 그렇지!"

우리의 육아는 아쉬움의 말투로 귀결된다. 아이에게 많은 걸 갖춰주지 못한 우리는 어쩔 수 없이 많은 것들이 아쉽다. 출근 시간이 조금만 더 늦더라도 좋을 텐데. 아이가 아플 때는 쉽게 연차를 낼 수 있다면 좋을 텐데. 우리가 넉넉한 형편이면 좋을 텐데. 그런저런 생각들과 후회들. 갖춰지지 못한 조건들을 아쉬워하면서 가족의 최전선에서 싸워보지만 달라지는 일도 없지 않은가. 그러면서도 나 때문이라고 자책하는 마음을 버리지 못한다. 바보 같아, 바보 같으니, 하면서도 내내 똑같다. 내가 안타까워하면 남편이 다독이고, 남편이 후회를 하면 별일 아니라고 내가 답변할 뿐이다. 부모 역할에는 통제하지 못한 변수들이 왜 이렇게나 많은 것일까.

아이들의 감기가 거의 낫자 이번에는 남편 차례였다. 나는 남편에게 말했다.

"바로 약 먹어. 우리는, 아프면 안 돼. 알지?"

"알지."

"미안해."

"뭐가. 다 알지."

남편은 주섬주섬 감기약을 입에 털어 넣었고 나는 뒤돌아 레몬차를 끓이기 시작했다. 버텨야 한다는 남편의 대답을 들으며 분명히 알게 된 것이 있다. 나는 남편을 나 자신보다 더 자주 관찰하는 것 같다고. 우리가 서로를 완전히 이해하지 못하는 채로도 서로에게 동화되는 이유는 눈치채지 못하도록 서로를 매일 바라보고 있기 때문인 것 같다고 말이다. 와장창대며 부딪치는 사이 우리는 많은 것들을 주고받는다. 쓸모없는 추측과 아쉬움으로부터 과도한 단호함을 포함해서 서로의 좋아하거나 싫어하는 부분들까지도, 절대 용납할 수 없던 사소한 습관까지도 알지 못하는 사이 허용 범위 안에 들어가 있다.

레몬차를 남편에게 내밀며 나는 대책 없이 묻는다. 지금 이 순간을 살면서도 내내 '좋았을 텐데'라고 말하는 자책과 아쉬움의 근원은 아무래도 사랑이 아니겠느냐고. 가족들을 더 따스한 곳으로 데리고 가지 못해 하는 후회가 사랑이 아니면 무엇이겠느냐고. 아쉬운 것들을 덜 아쉽게 만들고자 하는 노력과 결심들은 때로 너무 사소해서 애처롭다고. 더 좋고 맛난 음식과 더 안온한 생활이 행복과 같은 말이 아니라는 걸 알면서도 그이들을 더 좋은 것들로만 대접하고 싶은 이 뭉클함을 대체 무엇이라고 부르겠느냐고 물으며 찻잔에서 폴폴 올라오는 훈훈한 김 사이로 남편을 바라보았다.

나의 아버지에 대한 이야기는 깊다. 아버지는 거의 가족을 떠나 지냈다. 자주 싸우고 화해하며 지내왔던 엄마와 달리 아버지에 대한 서운한 마음들은 해소되지 못하고 깊은 곳에 첩첩이 쌓여 있다. 그 마음들은 너무 복잡한 지하 창고에 들어 있어서 들어가서 둘러보는 엄두도 내지 못한다. 언젠가는 청소도 하고 정리도 해야지, 생각하지만 정말 '언젠가는'이라며 계속 미룰 수밖에 없다. 아버지가 가진 의미의 층위는 너무나 복합적이고 어렵다. 너무 어려워서 볼펜만 딸각거리게 되는 수학 문제 같다. 최대한 간결하게 말해보려 시도하지만 어느새 저만큼 목적지를 잃고 장황해져 있는 발표 같기도 하다.

그럼에도 이상하게도 나는 아버지가 나를 사랑했던 방식, 그리고 내가 원했던 것들에 대해 이야기하고 싶다. 더 많이, 더 자주. 이런 이야기들을 할 때마다 울고 싶어지고, 연약하고 아이로 돌아간 기분에 휩싸인다.

아버지는 근본적으로 사람을 챙기고 베푸는 성미였다. 아버지는 어릴 때 학교를 보내준 큰아버지를 잘 따랐고 그 고마움을 고이고이 간직했다가 평생에 걸쳐 갚았던 사람이었다. 그때 어려운 형편에도 공부를 시켜주어서 무지렁이가 아닌 '사람'으로 살 수 있었다고 자주 말했다. 감히 추측해 보건대 그 사랑은 다정다감함과는 거리가 있었다. 신의, 의리, 성실처럼 단단한 단어들이 어울리는 사랑이었고 동시에 아버지는 그것들을 아끼는 사람들에게 화려하게 표현했다. 그런 성격은 아버지가 평생 동안 가정을 지키고 인생을 사는 일에 통용되는 가치들이기도 했다.

하지만 나는 아버지가 어려웠다. 가까워질 것 같다가도 결정적인 순간에는 친근하지 못했다. 항상, 거의 대부분 그랬다. 그게 그 나이 세대 남자의 이미지였고, 아버지의 인생에 가족만큼이나 그 지인들도 의미 있는 위치였다는 걸 어릴 때는 이해하기가 부족했다. 어린 딸은 그저 아버지가 그리웠고 그런 감정을 어떻게 해소해야 할지 몰랐을 뿐이다.

자신들의 일상을 가족들과 아무렇지 않게 공유하고 기대는 친구들을 바라볼 때면 그들의 가족 사이에 흐르는 기류가 어떤 감정인지 알아내려고 집중했다. 친구가 의존적인지 독립적인지를 판단하면서 독립에 가까운 내 처지가 실은 기댈 데가 없어서라는 답을 내리지 않으려 기를 썼다. 연습처럼 거듭하자 그러려니 받아들이는 일도 수월해졌다.

상대적으로 내 남편은 어느 집단에 속해 있어도 있는지 없는지 티가 나지 않는 조용한 사람이었다. 감정적인 동요가 거의 없어서 화가 날 만한 상황에도, 또는 아주 즐거운 일에도 대부분 침착하였고 친구도 많지 않았다. 외모를 꾸미는 일에도 전혀 관심이 없고 모든 면이 무척이나 현실적이어서 그 모든 게 아버지와는 거의 반대였다. 일부러 찾아낸 사람처럼.

그는 아침에 인사를 하고 회사에 갔다가 저녁이면 집에 돌아와 같이 저녁을 먹는 사람이었다. 접촉사고가 났을 때는 보험사보다 빠르게 남편이 왔다. 내가 미안한 마음을 가지며 "고마워."라고 말하면, 남편은 생뚱맞다는 표정을 지으며 '가족이라면 당연히 해야 할 일을 했을 뿐'이라며 회사로 휭 소리가 나게 돌아갔다. 나는 도움을 받는 일이 어색하면서도 선이 그어진 테두리 안에 있는 일이 고맙고 좋았다.

다른 두 남자. 그러나 때로는 너무나 비슷한 두 남자. 둘이 만나면 한쪽이 잘 보이려고 다른 한쪽을 맞춰주는 일도 없었고 화기애애한 농담도 없었다. 말없이 각자 해야 할 일을 했다. 아버지가 밥을 푸면 남편은 그걸 나르고, 아버지가 식탁을 정리하면 남편은 설거지를 하는 식이었다. 아버지는 그런 남편을 꽤 편하고 또 조심스럽게 대했고 성실하다며 칭찬을 곧잘 했다.

간혹 아버지와 전혀 다른 성격의 남편을 아버지가 어떻게 생각하는지 궁금했는데, 관계를 잘 가꿔보려는 의지가 아니라 순수한 호기심에 가까웠다. 이런 장면들을 연상하는 일은 묘하게 마음이 아프다. 커오는 내내 아버지를 찾으면서도 또 아버지를 멀리하고 싶었던 내 마음들이 남편을 보면 떠오르기 때문이다.

결혼을 하고 첫아기를 낳자 아버지는 우리가 두루 인사 가기를 원했다. 마음먹기가 쉽지 않았지만 매번 거절하기도 역시나 어려웠다. 오랜만에 뵙는 어른들은 머리가 희끗해지고, 서 있어도 무릎이 곧게 펴지지 않았다. 그분들의 세월은 몸에 기록되어 있다. 제사였음에도 불구하고 우리는 죽은 이보다는 산 자에 대해서만 이야기를 나누었다. 아이는 학교에 다니고 있는지, 건강한지, 장사가 잘 되는지, 그런 안부들과 근황들에 관한 소식을 전해 들었다.

　　우는 아기를 어르는데 뒤에서 아버지가 묻는 말이 귀에 들어왔다.

　　"제 자리가 거기 둘째 줄입니까?"

　　아버지는 허허 웃으며 당부를 잊지 않았다.

　　"우리 딸은 형제가 없으니, 곁에서 많이 도와주셨으면 좋겠습니다. 잘 부탁합니다."

　　아버지의 말에는 '내가 죽으면'이라는 말이 생략되어 있었다. 자신이 세상을 떠나기 전에 아버지는 인사를 닦는 것이다. 그래야 찾아와줄 사람이 있다고. 보통의 존재인 나는 그런 게 싫었다. 언제든 나 하나 책임질 방법은 마음에 늘 담고 있었는데도 아버지가 날 약한 존재로 여기는 걸 인정하고 싶지 않았다. 하지만 아버지가 당신만의 방식으로 나를 사랑한다는 걸 문득 알게 되는 날도 있었다. 바로 그날처럼.

밖으로 나와 주차장으로 가는 사이 아버지는 예고도 없이 내 손을 쥐었다.

"고생했다. 아기 낳느라. 늦었지만 축하한다."

걸음을 멈추지 않은 채였다. 힐끗 바라봤으나 아버지는 계속 앞만 보고 걸었고 이내 나도 계속 속도를 맞추었다. 다 자란 후로 아버지가 내 손을 잡은 건 처음이었다.

"또 보자."

당분간은 못 볼 텐데도 곧 다시 만날 동네 친구처럼 우리는 가볍게 헤어졌다. 헤드라이트 불빛이 점점 멀어질 때까지 가만히 서 있는 내 옆에 남편도 말없이 서 있었다.

"건강하시네. 아마 나보다 오래 사실 거야."

마치 위로인 듯했다. 짠한 웃음이든, 공감의 슬픔이든 모든 감정들은 희극처럼 인생 안에 있었다.

내가 남편을 사랑하는 방식은 아버지와 다르다. 남편은 무뚝뚝하지만 노크하면 언제든 문을 열어주는 세계의 사람이었으므로 나는 그이를 어려움 없이 편하게 대했고 그건 무척이나 안정적으로 느껴지는 일이었다.

대신 아버지의 사랑은 그랬다. 묵직하고 티 나지 않는 사랑. 다정하고 섬세하게 자신만을 바라봐 주기를 바랐던 딸과는 달리 아버지는 자신이 가진 모든 것들과 나를 융화시키려 했던 것 같다. 아버지가 나를 대하는 방식에 대해 자라는 내내 나는 몹시 화가 나 있었다. 아버지와 직접 연결되고 싶었기 때문이다.

아버지에 대한 뾰족한 마음들은 점차 누그러들고 있다. 내가 아버지에게서 기대하는 면들이 더 엷어졌고 아버지 역시 아이와 친해지는 법이 어려웠던 부모였다는 걸 알아가는 중이기 때문일 것이다. 다소 투박한 방식이었다 할지라도, 나는 아버지가 나에게 보여준 애정을 간직하고 있고 그 사랑이 부자연스러웠더라도 우리는 사랑했고 화해할 수 있다.

그러니 나는 오늘의 아버지에게 이렇게 말할 수 있을 것 같다. 모든 일을 알고 가는 어른 따위는 없으며 닥친 일에 성숙하게 대처할 수 있다면 그걸로 족하다고 말이다. 또한 우리가 죽는 날이 언제라도 저는 제 방식대로 살아가는 사람이 되겠다고.

그러니 남은 말은 하나다.

오래 사세요. 아버지.
건강하게 오래오래요.

4

우
선
순
위

남편은 내가 모르는 지인 중 누군가의 아내 이야기를 넌지시 던지며 '형수님이 재테크를 아주 잘하셔. 그 집은 형수님이 재테크를 도맡아 하신다네.'와 같은 말로 이야기를 마무리할 때가 있다. 대부분은 간단한 가십으로 치부하며 "그렇구나. 부럽구나." 하고 대답을 하고 넘어가지만 무안한 마음에 한 번은 대놓고 물었다.

"당신도 재테크를 잘하는 형수님이 부럽지?"

막상 남편은 꽤 건조한 반응이다.

"집집마다 사정이 다르잖아."

남편의 말은 모래처럼 퍼석거려 내가 불붙일 만큼의 화조차
도 덮어버린다.

무심결에 나누는 잡담 속에서도 마음은 부쩍 들킨다. 여섯
다리쯤은 건너야 하는 지인의 성공담을 지나치지 않고 잽싸게
우리 집으로 가져오는 건 깊은 곳에 숨어 있는 욕망이 있어서가
아닐까. 주변에서 우리가 가장 소속되고 싶은 인생을 살아가는
한 사람을 표집한 후 이렇다더라, 저렇다더라고 말들 하지만 깊
이 있는 속사정은 아무도 모르는 일이다.

하나를 얻으면 하나를 내어주는 식으로, 평범한 사람들의 일
상은 많은 부분이 엮여 있다. 유일하게 가진 1000원으로 아이스
크림을 사야 할지 초콜릿을 사야 할지 결정해야 한다. 2000원이
있다면 좋겠지만, 애써 모아도 1200원이나 1300원쯤밖에 되지
않는 것이다. 포기하거나 막대사탕 한 개쯤을 더 사서 작은 위
로를 더할 수 있는 정도다.

그러고 보면 재테크에 능통한 아내를 부러워하는 남편의 욕
심 정도는 아주 귀여운 수준인 것도 같다. 부스럭거리며 수첩을

확인해 다음 날의 아이 준비물을 가방에 담고, 날씨를 확인해 내일 입을 옷을 옷장에서 꺼내며, 나 역시 우리 집의 재테크를 다 책임질 수 있는 사람이 되면 얼마나 좋을까를 머릿속으로 곱씹다가 잠이 들곤 했다.

그러던 남편이 주식을 시작했다. 새롭게 공부를 시작한 남편에게 활력이 돌았다. 몰랐던 걸 배우며 미래를 준비하는 사람에게는 특유의 활기가 있었다. 남편이 평소 먹지 않던 비타민까지 먹으며 밤늦게까지 열중하는 모습이 보기 좋았다. 물론 모종의 걱정도 없진 않았지만 소액이니 최악의 시나리오까진 예상할 필요가 없었다.

정작 여기에 브레이크가 걸린 건 아이들의 아침 등원 준비 때문이었다. 아침에 얼마나 바쁜가. 아이들 옷 입히기, 밥 먹이기, 달래기, 어르기 4종 세트를 매일 아침 완수해야 한다. 아이들이 한마디 하면 척 하고 준비를 마치고 현관에 기다린다면 얼마나 좋겠냐마는 아직까지는 그렇지 못하다. 예를 들면 엊그제는 점퍼까지 다 입고 신발만 신으면 되었는데, 갑자기 첫째가 주저앉아 "점퍼가 너무 길어 불편해. 나 이거 안 입어. 이거 입고 유치원 안 가." 하며 엉엉 우는 것이다. 때로는 둘째에게 옷을 다 입혀놓았는데 우유를 한 방울 흘렸다며 옷을 다 벗어버리기도 하고. 여유를 부릴 참은 없는데 남편이 스마트폰을 줄곧 끼고 몰두해 있으니 암만 불러도 "어? 어? 뭐라고?"만 반복될 뿐이었다. 8시가 넘어 나갈 시간이 되었는데도 아이들이 보채거나 투정을 부리면 남편 역시 짜증을 내기도 했다.

그러다가 어제는 아이들과 내가 늦잠까지 자버린 것이다. 후다닥 챙기기 시작했지만 남편은 늦었다며 짜증을 내기 시작했다. 이미 한동안 올라 있던 스트레스에 남편까지 그러자, 솟구치는 감정을 참을 수가 없었다.

"짜증 그만 낼 수 없어?"
말을 하다 보니 더 화가 나서 남편에게 지르듯 한소리를 해버렸다.
"주식이 먼저야, 애들이 먼저야?"
그랬더니 남편이 망설임도 없이 대답했다.
"주식이 먼저야."
그렇게 말할 줄은 몰랐기 때문에 잠시 멈칫했다.
남편은 덧붙였다.
"그건 확실하게 말할게. 주식이 먼저야."

내가 말이 없자 남편은 그동안 참아왔다는 듯이 쏟아내기 시작했다.

"아침에 짜증 내고 안 내고가 무슨 대수야? 어떻게 매번 완벽한 아침을 기대해?"

이상하게도 살면 살수록 깨닫게 되는 것은 선택의 문제다. 단번에 모든 걸 다 할 수 있는 신도 아니므로 슬프게도 우선순위를 매길 수밖에 없는 노릇이다. '해야 할 일'로 가득 차 있는 한 가정의 리스트는 하나를 선택하면 나머지는 포기할 수도 있다는 전제를 반드시 깔아야 한다. 한 명을 위한 선택은 다른 이의 배려를 부르기도 하고, 하나의 선택은 다음 선택지에 영향을 미치기 마련이다.

아이러니한 건 다른 걸 다 포기한 채 인생의 일 순위를 보고 달려가도 실패할 수 있다는 거다. 순위를 매긴다고 해도, 목표대로 양껏 달려 나간다고 해도 성공을 보장받을 순 없다지만 그렇더라도 무덤덤하게 사는 일은 싫은 게 사람 아닌가. 실패가 예정되어 있더라도 결과가 뒤집어질 미세한 확률을 기대하며 우리는 꿈을 꾼다.

아이들은 둘 다 집 안 어디로 숨어버렸다. 매번 나누던 아이들과의 파이팅도, 안아주기도 생략해야 할 것 같다. 엄마와 아빠가 다투는 사이 나름의 다른 안식처를 찾아버린 것인지. 시계를 확인하고 신발을 신는데 둘째가 방문을 빼꼼 열고 나와 "엄마 싫어." 하고 사라져 버렸다. 눈물이 왈칵 쏟아질 것 같았지만 참고 서둘러 현관문을 열었다. 찔끔찔끔 눈물을 짰다. 약해 빠졌다.

주차장으로 가며, 어제 차에서 본 장면을 떠올렸다. 남편이 스마트폰을 들여다보며 걸어가고 아이는 뒤를 쫄래쫄래 따라갔다. 남편은 뒤를 돌아보지도 않고 보폭이 점점 커졌는데, 앞에 차가 들어오는 소리가 들리자 아이가 놀라며 마구 뛰어가 아빠를 잡았다. 저희 아빠 허리춤에 펄럭이는 셔츠 자락을 꼭 붙들고, 아빠를 따라서 바쁘게 걸어갔다. 아빠 한 걸음에 아이 두 걸음. 한 걸음에 두 걸음. 종종종종 종종종종. 남편의 가방 아래로 아이의 초승달 같은 작은 손이 보일 듯 말 듯 했다. 사는 건 전쟁 같다. 각자 살아남기도 바쁜데 서로를 배려할 시간이 주어질까.

나에게 주식이 먼저냐, 아이가 먼저냐고 묻는다면 당연히 아이가 먼저라고 답할 것이다. 그것이 내 인생에 딱 일 순위의 길인 것처럼 지내왔다. 아침에 나가 저녁에 돌아오며 버는 이유도 가족을 위해서라고 생각하기 때문이다. 그러나 주식이 먼저라고 대답하는 아내도 있겠지. 그 아내는 얼마나 현명한가. 경제력이야말로 가족의 안정을 책임질 수 있는 중요한 요소라는 걸 미리 알고 있으니. 아침에 한순간의 기분을 따지며 운운하기보다는 안정적인 재테크가 현실적으로 일상에 도움이 되는 게 아닌가. 아이를 안아주지 못했다고 해서, 또는 아이들과 기쁘게 헤어지지 못했다고 해서 무슨 일이 생기는 것도 아닌데 말이다.

인생의 우선순위는 모두가 다르므로 남편은 재테크에 모든 걸 쏟고 아내는 아이에게 마음껏 애정을 다하는 일이 마치 다른 꿈처럼 보이나 그건 아닌지도 모른다. 어쩌면 그건 마지막엔 함께 행복해지자는 같은 꿈의 다른 묘사이기도 하지 않나. 남편의 우선순위에 담긴 소망을 나는 가만가만 헤아린다. 보통 사람의 보통 소망을 꾹꾹 접어 쥐고 하늘을 올려다보며 무기력해지지 않으려 애를 쓴다. 다 같이 행복해지자고 열심히 사는 과정도 우선순위 안에 포함되어 있음을 잊지 않게 해달라고도 기원한다. 우선순위의 일 번도 이루지 못하는 인생이 아니라 수십 개를 동시에 선택해도 되는 인생을 달라고 욕심껏 떼를 쓴다.

저녁이 되어서야 한자리에 모인 가족들은 아침과 달리 아무렇지도 않다. 복잡한 마음은 온데간데없이 사라져 버렸나 보다. 우리에게 가장 필요한 건 무엇일까? 어쩌면 모든 일에 여유를 가져다줄 마법의 열쇠는 '시간'인지도 모른다.

오늘 일찍 자고 내일은 일찍 일어나기로 한다. 재테크 따위 책임지지 못해도 가족은 책임져야 하므로. 내가 투자한 시간으로 다른 사랑이 우리의 생활에서 꽃피기를 바라면서. 각자의 우선순위가 서로에게 무한대로 기여할 수 있기를 꿈꾸다 보면 남편과 나의 전우애는 은근슬쩍 끈끈해져 갈지도 모를 일이다.

5

명령에 따라 ✿

어린이 만화처럼 유쾌한 생활은 없을까. 상영이 끝나고 자막이 올라가기 전까지 모든 사건 사고가 해결되고 다시 아무렇지 않게 새로운 에피소드가 등장하는 고민 없는 일상 말이다.

아이들은 눈알을 동글동글 굴리다가 까르르 웃으며 만화를 보고 있었다. 남편은 선 채로 시리얼을 질겅질겅 씹어 먹다가 나에게 불현듯 물었다.

"왜 만화에 나오는 아빠들은 죄다 저렇게 덤벙거려?"

딱히 만화 속 아빠에 이질감을 느껴본 적은 없었

다. 뭐가 이상하지?

"잘 봐봐. 엄마는 저렇게 침착하잖아. 장난을 치지도 않는다고. 그런데 아빠는 매번 팬케이크 반죽을 얼굴에 덮어쓰고 텐트를 고장 내잖아. 왜 만화에 나오는 아빠들만 그런 이유가 뭐야?"

남편은 만화 속에서 아빠의 모습이 실수투성이이며 개그의 소재로 사용되는 일에 대해 썩 탐탁잖은 모양이었다. 반면 나는 만화 속 아빠의 모습이 친근했다. 좋잖아. 아이들에게 다정하게 대해주고, 적절히 가족 내 이벤트를 계획하면서, 함께 장난을 치며 웃겨주는 아빠가 이상적으로 보였기 때문이다. 내심 남편도 저렇게 유머러스하고 사람의 마음을 편안하게 해주었으면 싶은 바람도 섞여 있었다.

집에서만 만나는 남편은 점점 어떤 사람인지 잘 알 수가 없어졌다. 아마도 내 남편은 단점을 잘 지적하고, 자신의 일 외에는 무관심한 사람이 아니었던가?

언제부터였을까. 집에서 남편은 별로 의견이 없었다. 내가 하라면 하고, 아무 말이 없으면 아무것도 하지 않았다.

"시키지 않으면 아무것도 안 할 거야!? 로봇이야? 명령을 해야 움직여? 허참!"

잠시 후, 남편은 사과를 했다. 미안하고, 솔직히 말해 무엇을 해야 할지 잘 모르겠으니, 그저 앞으로도 지금처럼 쭉 시켜주면 고맙겠다고 했다.

어떤 이는 주도권을 넘겨받았으니 이쪽이 편하지 않느냐고 묻는다. 개인차가 있겠지만, 나는 아니라고 생각하는 쪽이다. 더구나 집안일처럼 늘 우리에게 붙어 있는 일들은 발견한 사람이 빠르게 처치하는 게 낫다. 그나마도 모르겠다는 태도로 일관하는 건 그저 아무것도 하지 않겠다는 의도된 전략이라고밖에 볼 수 없다.

아무래도 이건 남편이 집 안의 물건들에 익숙하지 못하여 일어난 일 같기도 했다. 저번에는 아이를 목욕시킨 후 옷을 갈아입히던 중에 남편에게 수건을 가져다 달라고 부탁했다. 남편은 수건을 찾지 못했다.

"거기, 거기 바로 옆에. 당신 발밑에, 의자 옆에 있잖아."

"어디? 어디?"

남편은 한참 두리번거렸고 결국 내가 직접 일어나 가지러 간 다음 수건을 든 채 긴 한숨 끝에 말했다.

"정말 안 보이는 거야?"

"왜 이게 여기에 있지?"

아이들은 아버지 주위를 폴짝폴짝 뛰어다니며 까르르 웃었다. 머리를 긁적이며 뒤돌아서는 순간, 남편은 식탁 등에 머리를 부딪쳤다.

"에잇! 아오, 식탁 등이 왜 여기에 있는 거야."

아이들은 또 까르르 웃으며 뒤를 졸졸 쫓아다니며 말했다.

"아빠, 전등이 정말 안 보여요?"

남편은 이마를 문지르다가 또 한 번 머리를 부딪쳤다.

"아! 아, 아오! 바보네, 바보!"

한때는 남편의 이런 모습이 너무 웃겼던 것도 같다. 별의별 희한한 공구를 세팅해두고 고장 난 부품을 수리하면서 끊임없이 잘난 척을 하다가도, 돌부리에 걸려 넘어지곤 하는 허당미가 말이다. 하지만 이제는, 이게 웃길 만큼 여유 있는 아내로 살아가기에 내 마음은 한가롭지 못하다.

나는 버릇처럼 되뇌었다. 나는 마님이 아니고 당신은 머슴이 아니다. 나는 마님인 척하는 머슴이고, 당신은 머슴인 척하는 주인……. 그만두자.

만화 속에서 넘어지고 실수하는 아빠에 비해서 엄마는 아이들과 하는 놀이의 대부분을 우위에서 안내했고, 하지 말아야 할 행동에 대해 자주 주의를 주었다. 미소 띤 얼굴이 약간은 냉정해 보였고, 아빠나 아이를 향해 할 말만 하는 것처럼 보였다. 그러므로 딱 결론 내렸다. 나는 나를 안다. 저렇게 완벽하진 않지만 대신 상.냥.하.고. 친.절.하.지.

일요일 저녁에 밥을 먹고 쓰레기 비우기 및 주방 정리를 시작했는데, 한참 조용했다. 갑자기 섬뜩한 기분이 들면서 등줄기가 서늘해졌다. 엄마들 사이의 불문율이 있잖은가. 조.용.하.면. 사.고.쳤.다.

아이 둘이 서랍을 열고 이불들을 모조리 꺼낸 후에 들어가 앉아 있었다. 그걸 보고 "귀여워, 귀여워"를 연발하며 아내를 부른 당신이여. 말릴 새도 없이 나는 이마에 잔뜩 힘을 준 채 잔소리를 시작했다.

"나와라, 나와. 너희들 합치면 30킬로야!"

이미 서랍 바닥은 빠져 있었고, 레일에서 이탈해 꿈쩍도 안 했다.

"고쳐줘."

나의 명령에 따라 결국 남편은 저녁 내내 서랍을 드릴로 고치며 소리를 질러댔다.

"못 산다! 못 살아! 내가 그때 왜 애들을 말리지 않았지!?!!"

세상에서 나의 부캐는 대체 몇 개 한정인가? 내가 거실에 있을 때 아이 둘과 남편 모두 동시에 나에게 말을 쏟아낸다.

"엄마, 이거 안돼요!"

"엄마, 이거 봐 봐요!"

"오늘 회사에서……."

십 분 안에 신체가 핑그르르 돌아가게 여기저기서 만능으로 활동해야 한다. 손으로 아이에게 줄 사과를 깎으면서 동시에 입으로 아이 둘의 싸움을 말리고, 귀로는 남편의 말을 들으면서 머릿속으로는 내일 있을 가족 행사를 위해 챙길 물건을 찾는다.

변.함.없.는. 도.돌.이.표.

만화 속 엄마를 현실에 가져다 놓자 대번에 이해가 되었다. 아이들은 대놓고 사고를 치고, 아빠는 어쩌다 보니 사고를 친다. 엄마는 문제 제기를 하고, 아빠는 가벼운 해결책을 제시한다. 또는 엄마가 현실적 해결책을 제시하고 아빠는 행동한다. 문제가 생기기 전 예측해서 막아야 하며, 사고를 친 후에 함께 배꼽을 잡을 수는 있겠지만 누군가 해결은 해야 하니까.

만화 속 엄마가 태어날 때부터 쌀쌀맞을 리가 있겠는가. 그녀도 이 가정을 움직이는 CEO이기 이전에 분홍 볼을 자랑하며 수줍음을 내뿜는 소녀일 때가 있었다. 단지 그녀는 지금껏 "맙소사!"라고 소리칠 만큼 눈앞에 보이는 말도 안 되는 문제를 반복해서 겪었으며, 빠르게 문제를 해결하고 싶은 현실 엄마가 분명하다.

만화는 현실의 반영이다. 웃고 공감하며 내심 찔려 하기도 한다. 가끔은 만화 속 엄마처럼 침착하게, 가끔은 아빠처럼 다정하게, 사고 치는 아이들과 장난을 섞으며 살아간다. 일터에서 근무하는 아빠의 가정 내 재현은 만화 안에서는 여전히 제한적이고, 복잡다단한 가정을 우아하게 회복시키는 엄마의 종횡무진을 우리는 아직도 꿈꾼다. 최종회의 내 웃음은 나의 피곤을 이해받을 때 비로소 터질 것이다. 결코 재밌지만은 않은 만화한 장면이 현실 속 우리 집에서 상영되고 있다.

6

남편을 질투한 아내

남편에게 "사진 한 장 찍어 봐." 하고 말한다. 남편은 "다 찍었어."라며 슥 지나간다. 이 대답은 양반이고, 조금 피곤할 때에는 인상을 살짝 찌푸리며 "또야?"라고 대답한다. "그만 좀 해라."라고 말할 때도 있다.

피곤할 때 사진을 찍어 보라고 하는 게 잘못이긴 하다. 그래도 나도 할 말은 있다. 왜냐하면 이렇게 부탁을 하는 건 간간이다. 각자 매일 일하고 집에 돌아오기 때문에 온전히 하루를 같이 보낸다고 말할 만한 때는 주말뿐이고 알다시피 그나마도 온전하다고 말하기는 어렵다. 이것저것 해야 하는 일들을 해치우고 맘 편한 나들이를 위해 외출하는 때를 꼽아보면 한 달에 한 번이나 될까. 대부분은 아이들 옷 챙기고 도시락 싸느라 내 옷은 갈아입지도 못한 채 집에서 입던 바지에 모자나 겨우 눌러쓰고 나간다. 어쩌다 짬이 생겨 옷 같은 천 조각이라도 걸치면 그때서야 비로소 사진 한 번 찍어 보라고 내미는 거다.

팥빙수에 떡 보듯 얻은 기회를 놓치기 어려워 기껏 부탁을 해 본대도 남편이 성실하고 멋지게 사진을 찍어주지는 않는다. 정확히 표현하자면 그는 나의 사진을 찍어줄 수가 없기도 하다. 우리에게는 나와 남편 중 어느 하나에게 대롱대롱 매달린 어린 딸이 있고, 둘 중 어느 누구에게도 매달리지 않으려 멀리 뛰어가 버리는, 망아지같이 다리가 길어진 아들이 있기 때문이다. 가족끼리 외출을 해서 목적지에 도착할 때쯤이면 이미 그날의 체력과 정신력의 절반 이상을 쓴 상태이고, 거기에 아이 하나를 안거나 업고서 뒤를 돌아 쌩하고 사라지는 아들을 향해 "엄마가 가지 말랬지!" 하며 외치는 일을 동시에 수행해야 한다.

따라서 인물 사진을 찍기 위해서 자리를 잡고 열 발자국쯤 뒤로 물러나는 일이 버겁다는 사실을 인정하면서도, 남편의 시큰둥한 반응을 들을 때 기분이 썩 좋진 않다. 빠사삭, 하며 종이처럼 내 얼굴도 구겨진다. 하긴 아내 얼굴이야 남편 입장에서 군이 사진으로 찍을 필요 있겠는가. 사진이야 나 보기 좋으라고 내 사진 찍는 건데. 이 상황에서 절대 잊지 않는 사실은 포기하지 않아야 한다는 것. 지금 싸우게 된다면 사진 찍기가 어렵다. 잠시 딴생각을 하며 남편의 말을 잊기로 한다. 주문을 외우자. 잊어버린다……. 잊어버린다……. 나는 평온하다……. 다행히 나는 쉽게 잊어버리고, 아이들은 맥락 없이 보채기 때문에 신경은 다른 일로 빠르게 전환된다.

연애할 때는 우습게도 반대의 상황이었다. 초점이나 빛, 조리개, 노출, 광각. 남편은 그런 용어를 입에 올렸고 공원의 조형물을 뒤로한 채 그 앞에 서 보라고 내게 주문했다. 사진을 찍는 일이 쑥스럽고 부담스러워서 나는 종종 피하거나 도망 다녔다. 남편이 찍은 내 얼굴은 너무나 적나라해서 앞으로도 남편의 제안은 계속 거부해야 할 것 같았다. 찍지 마, 찍지 말라고. 제발. 찍자, 찍을 거야. 어때서. 우리는 계속 쫓고 쫓았다.

최근엔 남편에게 "찍어줄게, 서 봐."라고 말하는 것도 내 쪽이 되었다. 남편은 열이면 열, "됐어."라고 말한다. 그는 대부분

등산복에 크록스 차림이다. 나 역시 남편만 찍으려면 등산복에 정신이 혼란스러운 나머지 손을 덜덜 떤다. 가족사진 찍기도 날이 갈수록 고난도가 되어간다. 가족사진 찍기는 엄마만의 고귀한 소망일 뿐이다.

그래서인지 풍경이 멋진 카페에서 서로를 찍어주는 연인들을 흐뭇하게 본다. 젊은 청춘들이 잘 어울리고 예뻐서 그렇고, 자신감 있어서 그렇다. 각자 찍는 포즈가 자연스러운 것도 멋지지만 무엇보다도 나란히 서서 하나, 둘, 셋이 될 때까지 다정하게 정지 상태를 취하는 모습도 귀엽다. 예전에는 사진 속 모습을 바라보며 잘 나왔다느니 못 나왔다느니 찍어준 사람 생각도 않고 품평을 했지만 지나고 보니 모든 사진은 남길 가치가 있었다.

애들 크는 거만 봐도 사진을 찍어두지 않았으면 생각이나 날는지 모른다. 누워 있는 아기 사진을 아이들과 같이 보면서 "이게 너야." 하는 일도 재미고, 불과 일 년 전 사진만 보더라도 수줍어 앵글도 못 쳐다본 사진들이 대부분이긴 하지만 '저 때 젊어 보이네.' 감탄도 했다. 사진을 보면 그날의 분위기가 슬며시 떠올랐고 당시에는 이상하게 나온 것 같았던 사진도 다시 훑어보면 '그땐 그랬다니' 싶게 달라 보인다.

이래저래 사진을 찍어야 할 당위를 스스로 발견했다고 하더라도 아무에게나 사진을 찍어달라고 부탁하진 못한다. 친구들과 찍어도 쑥스럽고 단체 사진은 경직된다. 다만 세상에 한 분, 가장 편하고 이물감 없는 남편에게 사진을 부탁하는 것이다. 남편이 투덜거릴 때조차도 나는 우리가 거절할 만한 편한 사이라는 걸 실감한다. 남편이 그런 내 생각을 짐작이나 하려나.

편한 사람 앞에서 가장 친밀한 모습으로 기록되고 싶은 욕심이기도 하다. 사진의 본질은 찍는 순간에 구현되는 것도 있지 않은가. 그러니 사진을 찍는다는 건 나를 봐달라는 게 아닐까. 우리가 부부 이전에 사랑이라는 걸 알고 지냈던 여느 사람이었을 때 당신이 나를 바라보았던 것처럼 다시 한 번 더 말이다.

몇 개월 전에 남편이 장염으로 일주일 넘게 입원했었다. 서류의 보호자 칸에 내 이름을 적고 나니 싱숭생숭했다. 저 사람과 함께 사는 동안은 곧 죽어도 서로의 보호자가 되어야 한다는 새삼스러운 사실 때문이다. 내가 아파 입원을 할 때에도 남편은 보호자 칸에 이름을 올릴 것이다.

이상한 게 입원실에 남편을 두고 집으로 돌아왔는데도 생각보다 남편의 공백이 크게 느껴지지 않았다. 한집에 살면서도 종일 떨어져 지내는 시간이 많았구나 싶었다. 문득문득 남편이 없다는 게 떠오르긴 했어도 별스럽지 않았다. 저녁에 자려고 누워서야 비로소 남편이 관성처럼 누워 있던 자리가 빈 게 눈이 갔다. 한집에서 지낸다고 해도 제대로 네 가족이 모이는 시간은 고작해야 그 일순간이 전부였던 셈이다.

비어 있는 자리를 두고 저 자리가 영영 저리 되면 어째야 하나? 방정맞은 생각도 잠시 해 봤다. 앞일은 어찌 될지 모르기에 남편과 얼마나 더 살 수 있을지 아무도 장담 못 한다. 인간 따위라 내일 일도 모르는데 백년해로라는 단어는 얼마나 촌스러운 농담인가.

확실한 건, 남편과 헤어지는 그날까지 남편과 내가 한 번 맺어놓은 생활의 구속 관계는 새로운 모습으로 재탄생하기란 어려운 일이다. 가족을 챙기다 못해 보호자까지 되어주면서 역할을 배분한다. 당신은 병원에 가서 잠시 쉬어, 내가 애들을 돌볼 테니. 당신은 부모님 건강검진을 모시고 가, 나는 유치원 상담을 할 테니. 당신은 회사에 가, 나는 먹거리를 싸게 사 볼게. 당신은 대출을 알아 봐, 대신 명의는 나로 해.

특정 영역을 자주 담당하면서 점점 의논은 줄어든다. 점점 혼자 하는 일이 편해진다. 귀찮은 일을 대신 시킬 만한 사람도 딱히 서로 외엔 없다는 걸 알면서도 생활의 잡무들을 스리슬쩍 넘겨볼 상대가 없는지 찾아본다.

우리는 점점 서로에게 더 편하고 아울러 더 까다롭게 군다. 슬쩍 넘어갈 만한 일에도 민감하게 화를 내고, 내 기분에 관심은 없었냐고 배려를 요구하면서도 서로의 익숙한 일상에 대해서는 더 이상 알 필요 없다는 태도를 취한다. 그렇게 적당히 사랑하는 사이가 되어간다.

"우린 적당히 사랑해. 적당히 신뢰해. 우린 무덤덤해. 하지만 이건 평균의 부부야. 맞지?"

평균이라는 건 스스로에게 안도감을 주기 위해 탄생한 단어가 틀림없다. 평균 속에 머무는 한 우리는 두렵지 않다. 하나 사랑할수록 멀리 있어야 한다는 법칙은 없을까. 사랑과 거리가 비례하는 거라면 멀리 있어도 지극히 사랑할 수 있을 거고, 적당히 사랑해도 그만큼 가까이 있을 수 있어 좋을 것 같다. 그러나 현실은 끊임없이 계속되는 기대들, 기대들, 기대들. 그리고 이어지는 실망들, 실망들, 실망들이다.

나는 시험지 앞에 앉아서 질문을 읽는다. 아이를 키워야 하는 부모도 아니고 생활 속 골칫덩이들을 처리해야 하는 부부도 아니라면, 남자와 여자로 상대를 그리워하며 다시 사랑할 수 있겠냐는 어려운 질문이다. 계산적인 이해는 내려놓고 순수하게 사랑할 때는 어떠했는지 적어보라고 문제가 요구하지만 나는 발가락까지 힘주어 봐도 답을 적을 수 없다. 그래서 공부하듯이 사진을 찍는다. 아무 일 없이 서로 응시하기란 민망한 일이 되었으니 그이를 찍어보고 나도 찍어보며 사진첩 속에서 우리를 확인한다. 9년 전엔 동안이었는데(복습하고), 남편도 늙었네, 늙었어. 내가 더 늙었나? 그래도 이 정도면 우리 아직 괜찮은가(채점하고). 한 오 년 후에는 더 늙어있겠지(예습한다).

오늘은 한 번쯤 웃고 있는 내 사진을 찍어보고 싶다. 남편이 보는 내 모습은 어떤지 궁금하다. 웃을 때 여전한지, 무엇이 얼마나 변했는지. 머릿속 기억의 용량은 생각보다 미천하여 금방 사라질 것이다. 아름답고 기쁜 추억으로 한 시절을 기억하려면 굳이 남기는 방법밖에 없다. 단 하루라도 젊은 시절 사진이나 즐겁게, 순수하게, 욕심 없이 남겨 볼 요량이다.

다정함으로부터의

초대

1

퇴근 1시간 전

퇴근이 1시간 남았다. 앞자리에 앉은 정희 씨가
일을 하다 말고 갑자기 툭 털고 일어나더니 그런다.
"아침에 둘째가 울고불고……" 무슨 말을 하려나 싶
어 얼굴을 쳐다보며 뒷말을 기다렸다. 원래 직장에서
일 얘기만 하고 집안 얘기는 거의 하지 않는 사람이
었다. 점심시간에도, 모든 이가 잡담을 나누는 시간
에도 끼지 않았다. 그런 점이 처음에는 낯설었다. 결
혼한 여자들이 남는 시간에 하는 이야기들에 아이들
과 가족을 빼면 공통점을 찾을 만한 일이 없다고 여
겨지는 까닭이었다.

직장을 다니며 나 역시 처음에는 쉽게 다른 사람과 친해지는 일을 꺼렸다. 원래도 말수가 적고 재치 있는 말솜씨로 주목을 받는 일도 적었다. 남들이 좋아하고 즐거워하는 일에서 관심사가 조금 비켜서 있기도 했고 딱히 둥글둥글한 성격도 아니었다. 그렇지만 아이를 낳고서는 달라졌다. 결혼 생활이 가진 복잡한 요소를 고려하면 어딘가 한구석은 다들 불만을 가지고 있는 게 마땅하게 생각되었다. 육아 역시 그랬다. 아이를 키우면서 원인과 정도는 달라도 고생했다는 사실은 같았다. 그래서인지 이제는 여자들과 예전보다 쉽게 친해질 수 있었다. 결혼 아니면 육아, 육아 아니면 결혼에 대해서 자신의 이야기를 하면 되었다.

최근 있었던 일을 흘리듯이 털어놓으면, 해결책이 나오거나 더한 경험담이 나올 때도 있었다. 때로는 '아직 그런 적은 없었지만 고생 많겠다.'는 동정이자 위로가 들릴 때도 있었다. 그래도 어느 것이 더 낫고 부족하다는 생각은 들지 않았다. 그런 이야기들을 나누는 것 자체가 재미있었고, 생활을 나눌 수 있는 상대가 있다는 것이 좋았다. 실제 생활은 가족과 했지만, 깊은 이해는 여자들과 했다.

나는 점점 스스럼없이 내 이야기를 하게 되었다. 누가 들어도 상관없을 만한 말들이었다. 분위기에 어울리지 않는지는 가끔 점검했지만 묘한 연대의식이 좋았다. 결혼 전이라면 스타일이 달라 전혀 이해하지 못할 범주의 사람들마저도 조금씩은 이해하게 되었다. 얼마만큼의 교집합이 생겨났고, 이해관계상 동지가 아니더라도 다소 동지 같았다. 무너지는 경계가 스스로 신기하여 몇 번이고 했던 이야기를 다른 사람들에게 하고, 또 하고 했다. 남편과 투덕거린 이야기, 어젯밤 아이 때문에 잠을 설친 이야기, 아이가 없어진 장난감을 찾아내라며 들들 볶은 이야기들은 몇 번을 말해도 끊일 줄 몰랐다. 오히려 파고 파도 샘솟는 우물처럼 더 차올랐다. 일상은 곧바로 시트콤에 나올 법한 일화들로 연결되었지만 깊은 속사정은 서로 몰랐다. 매일 만나며 주말 유원지에서 가족과 부딪칠지도 모를 건너편 직장 동료는 가정의 내막을 몰라야만 옳을 것이었다.

우리는 그 경계를 아슬아슬하게 건너다니며 아이를, 남편을, 자신을 실오라기처럼 한 가닥씩 드러내곤 했다. 그 수수께끼 같은 한 가닥에서 힌트를 얻어 직장 밖에서까지 만나는 친한 사이가 되면 더욱 좋다. 하지만 얼굴 보는 동안 서로 웃으며 그 자리에 있는 것만으로도 우리는 상대방을 아는 사람으로 여길 수 있고 세상은 살 만한 곳이 된다.

정희 씨는 내가 먼저 나를 열어 보여도 웃거나 거들 뿐, 자신의 불만을 웬만해서는 털어놓지 않았다. 우리 집 근처로 이사오는 이유를 반갑게 물어도 직장 가까운 데로 이사해야 했는데, 이 동네에 한 번 살아보고 싶다고만 할 뿐이었다. 자세한 의중은 알 수 없었다. 막연히 결혼 전의 내가 저 사람처럼 느껴지지 않았을까 했다. 늘 웃고는 있지만 속을 알 수 없는 사람. 내가 나쁘거나 싫어서가 아니라 자신의 마음이 바쁜 사람. 내가 싫거나 나빠서가 아니라 자신의 생활이 바쁜 사람. 그래서 친해지고 싶어 했던 나의 표현조차 눈치채지 못하는 사람. 나는 그녀와 사이좋게 지냈지만 우리 중 누군가가 떠난다면 그 후의 연락은 쉽지 않을 것 같았다. 각자 상황과 처지의 뒷면을 공유하지 못한 아이 엄마들이기에.

기다리고 있으니 정희 씨의 다음 말이 이어졌다. "어제 퇴근하고 어린이집에 데리러 갔는데 애들이 다 집에 가고 우리 애들만 남았어. 이미 둘째는 자기 교실에서 잠이 들어버렸고, 첫째만 앉아서 나를 기다리고 있더라. 둘째가 아침에 울면서 어제처럼 늦게 올 거냐고, 그러면 나는 정말 싫다고⋯⋯" 하는 말을 들으며 "정말, 그럼 어쩌지." 안쓰럽게 묻자, 그 친구의 대답은 그랬다. "그렇지만 어쩔 수가 없어. 오늘도 늦겠네. 오늘도 울겠네."

다른 방법은 없다는 걸 고스란히 알고 있었다. 아이는 울고, 기다리며, 엄마도 애가 타겠지만 내색하지 않은 채로 엄마의 본분을 마음으로만 다할 뿐이다. 바꾸지 않을 현실 앞에 불평은 무의미하다. 우리는 일하는 대신 월급을 받으므로. 그것으로 개인의 이야기가 빠르게 묻힐 타당한 근거를 찾아내야만 했다. 내일은 빨리 퇴근할 수 있으니까 오늘은 참는다. 그렇게 하다 보면 아이는 큰다고. 우리가 늙어가는 것도 계산은 해 보지만 그건 너무 멀리 있어 그림처럼 느껴지는 산과 같다.

보탤 말도 없는 상황에 나는 잠자코 있었는데, 옆에 있던 또다른 누군가가 기회를 잡은 듯이 물었다.

"자기, 친정엄마도 같은 지역 사신다며? 시댁이 근처에 있다고 하지 않았어?"

"아, 저는. 도움 안 받아요. 혼자 키우는 게 나아요. 꼭 갈등이 생기더라고요."

"그럼 저녁은 어떻게 해?"

"에, 요리할 시간이 없어서 사 먹거나. 오늘은 라면 먹으려고요. 어제는 물 말아 먹었어요."

"힘들어 도움 받는 게 나을 텐데. 엄마도 좀 쉬고, 할머니도 애들 얼굴 좀 보시고."

"아니에요."

한 글자마다 힘주어 답한 뒤 슬쩍 웃어 보이고는 밖으로 나갔다. 물론 그녀에겐 필요 이상의 오지랖으로 느껴졌을 테였다. 뒤에 남은 사람들은 들릴 듯 말 듯 한숨을 쉬었다. 가벼운 수다로는 넘기지 못할 그녀의 고집을 짐작했기 때문인지도 모른다. 또는 여전히 도움을 받는 게 낫다고 생각하기 때문인지도 모른다. 갈등이라는 마음의 고생은 감히 측정할 수 없다. 하지만 저녁이 되어 집으로 돌아가는 길에 반찬을 고민하고 아이들과 부대끼며 밥을 지어 몸을 써야 할 시간들은 동일하게 겪어봤기 때문에 우리는 한편의 무리가 되어버렸는지도 모른다.

정희 씨와 대화다운 대화를 한 것은 아니었지만, 그 후로 그녀와 이야기하는 것이 조금은 편해졌다. 커피를 내리며 마주치면 일 이야기가 아니어도 대수롭지 않게 딸들은 잘 있냐고 물을 수 있었다. 그녀는 여전히 그런 질문들에는 짧게 웃으며 응답을 하고 지나갔다가 갑자기 자리에서 일어나 "어제 우리 딸이 혼자 잤어요. 처음으로." 하며 뿌듯하게 웃었다. 그 단계를 지나온 엄마들은 다 안다는 듯 맞장구를 쳤다.

"아유, 그래그래. 편히 잘 수 있어서 기쁘면서도 허전하고.

그렇지?"

"네. 어떻게 아셨어요? 정말 그래요. 둘째는 아직 옆에서 자긴 해도."

아이가 한 단계 어른스러워진 행동을 보였다는 말을 들으며 나에게도 곧 그런 날이 찾아오리라 미리 생각해 보게 된다. 홀가분할지, 또는 아쉬움이 클지 저울질하며 나 역시 조만간 새로운 침대를 사야겠다 싶었다.

"침대는 어디 물건이 좋아? 나는 요 이 층 침대를 봐 뒀는데."

어디 가구뿐인가. 친절하고 저렴한 치과, 간편 순댓국 조리법, 대기가 길지 않은 독감 접종 기관, 갑작스러운 장염 증상 대처법……. 하나도 연관이 없을 듯한 서로의 생활을 들어보며 우리는 자신의 과거와 미래를 어림잡아 볼 수 있다. 언제 겪을 일일지 알 수도 없고 설사 누구의 입에서 나온 이야기인지 기억하지 못할지라도, 누군가가 미리 겪어본 과거를 들으며 다가올 자신의 어느 날에 조금 더 담담히 대처할 수 있게 된다.

그러기에 여자들의 대화에는 쓸데없는 것이 없다. 싱싱한 생선은 뼈로 매운탕까지 끓여 먹고 버린다는 우리 동네 속담처럼, 하나도 버릴 것이 없다.

2

잠깐 기대도 될까

책상 칸막이 너머에서 훌쩍거리는 소리가 들렸다.

"흑, 흑흑,"

책상 주변 사람들이 고개를 들어 두리번거렸다. 훌쩍이는 소리의 근원지를 발견했다. 고개를 숙인 채 어깨만 간간이 떨고 있는 한 정수리를 발견했다. 새로 업무를 맡아 마음고생이 심했던 옥의 울음이 터진 것이다. 위층에 다녀온 옥이 카디건을 휘날리며 자리에 앉을 때까지만 해도 아무렇지 않았는데. 칸막이 안에서 비로소 혼자가 되자 옥의 눈물이 터졌나 보다. 다들 어째야 하나 난감하게 서로 얼굴만 쳐다보았다.

우리에게 늘 강한 사람이었던 옥은 우는 티를 내고 싶지 않아 했으나 아직 상기된 얼굴이 붉었다. 앉은 채로 등을 한껏 구부리고 시선은 책상을 향해 연신 휴지로 눈물을 닦았다. 옥은 모두의 시선을 뿌리친 채로 "난 괜찮아. 가서들 자기 일 해."라고 목 막힌 목소리로 말하고는 이내 코를 팽, 풀더니 티슈를 탁, 탁, 연속으로 더 뽑았다. 두어 장 딸려 나오던 화장지가 다 떨어지고 말았다. 두리번거렸지만 화장지가 없었다. 이제 눈물은 무엇으로 닦나. 뚝뚝 떨어지는 서러움을 티슈 뒤에 숨길 도리도 없다. 손가락으로 문질러 눈가의 축축한 물기를 공기가 데려가길 기다리는 수밖에 없다.

언제부터인가 남들 앞에서 울어본 적은 거의 없었다. 내가 겪는 어떤 일상도 울 만하게 취급하는 일이 차츰 줄어드는 것이다. 일어난 일의 종류는 달라도 느껴지는 심정은 극단의 수치를 넘어서지 않는다. 때로는 그런 고만고만한 경험의 축이 감사하다. 하지만 세수한 뒤 인조적으로 크림을 얹어야 빠듯하게 당겨오는 얼굴이 보드라워지는 것처럼, 메말라가는 감수성도 나이 먹는 증거 같을 때가 있다. 그런 날엔 영영 슬픔을 잊어버린 사람이 될까 봐 두렵기도 하다.

한편으로는 나잇값을 하려면 감정을 잘 숨기는 사람이 되어야 할 것만 같기도 하다. 눈물샘을 작정하고 공격하는 아주 슬픈 영화를 볼 때에도 눈물이 흐르는 건 여전히 부끄럽고, 조명이 켜지기 전에 눈물의 흔적을 없애곤 한다. 어른이 된 후 감정을 보이는 일이 마치 성숙하지 못한 것처럼 여겨져서 그렇다. 운다는 건 가장 연약한 모습을 드러내는 일이기도 하다.

대부분은 울지 않고 참지만, 만약 참지 못할 만큼 서러운 일이 생겼다면 나는 차 안에서 핸들을 붙잡고 운다. 혼자 꺼이꺼이 울어도 흉보지 않을 유일한 공간은 운전석 한 자리로만 내게 허락되어 있다. 슬플 때는 반드시 그 자리를 거치고 나서야 집 안에서 식구들을 대할 때에 비로소 서러움도 지나갈 만한 사람이 된다.

혼자서 우는 이유는 견딜 만한 슬픔이라는 뜻일지도 모른다. 아무리 슬픈 마음도 감당할 만한 마음으로 바꾸어서 스스로 흘날려 보낼 수 있는 강한 사람이 되고 싶다. 곁에 있는 이에게 부담 주고 싶지도 않다. 내 괴로움을 함께 나누어 짊어져 달라고 요청하는 것처럼 느낄까 싶어 미안하다. 감정은 전이되므로 서러운 일일수록 말은 더 아끼게 된다. 아무렇지 않은 척하게 된다. 그럼에도 예상치 못하게 울음이 터지는 경우가 있다. 익숙지 않은 타인 앞에서 울어본 사람은 그 민망함을 안다. 정말 여기서 울고 싶지 않은데, 참고 삼키고 싶은데 억울하고 슬픈 감정을 참기가 힘들어 눈물이 계속 날 때는 그저 혼돈스럽기만 하다. 나는 태연하다고 말하고 싶은데, 감춰지지 않는 그 떨림을 들켜버렸기에. 치부를 드러낸 것만 같아 멋쩍다.

벌떡 일어나 내 티슈를 들고 옥에게 다가갔다.

"우리 나가요."

사람들을 제치고 중간에 들어가 말하려니 살짝 어물거려졌다. 괜히 나섰나, 다시 자리로 돌아가고 싶은 마음을 참았다. 지지 않고 조금 더 확신에 찬 작은 목소리로 계속 말을 건넸다.

"여기서 울면 더 눈물 나요. 나가서 바람 좀 쐬면 더 나을 거예요. 가요."

손을 붙들고 나갔다. 벤치에 앉아서 말 그대로 바람을 얼굴에 쐬었다. 나무를 보고, 작은 풀을 보고, 멀리 하늘을 보며 따뜻한 햇살을 받으며 우리는 한참 앉아 있었다.

어렸던 어떤 날, 한참 신나게 놀다가 엄마가 안 보이는 걸 알았다. 엄마는 작은방 문을 닫고 5단 서랍장 앞에 쪼그리고 앉아 고개를 파묻고 있었다. 처음 본 나는 엄마에게 가까이 다가갔다. 엄마는 울고 있었는데, 어찌해야 좋을지 몰랐던 나는 엄마의 등을 토닥거리고 어깨를 좌우로 흔들었다. 엄마는 고개도 들지 않고 손짓으로만 저리 가라는 시늉을 했다. 방문을 닫고 나와 살그머니 문 앞에 쭈그리고 앉아 울음소리를 들었다. 어른도 울 수 있다는 걸 처음 알게 된 순간이었다. 앞으로 내가 울 날들이 레드 카펫처럼 펼쳐진다는 건 몰랐던 순간이었다.

그 후로 어쩌다 우는 사람을 달래야 할 적엔 가만히 곁에 있는다. 또는 등을 살며시 쓸어본다. 울 때 손으로 토닥거림을 잘못 당하면, 우는 박자와 토닥이는 박자가 어긋나 숨쉬기가 힘들다. 의례적으로 온기를 보태고 싶은 스킨십이지만, 무방비 상태로 힘 빠진 사람에게는 토닥이는 힘과 어깨에 실린 손의 무게마저 더 무겁게 느껴지기 때문이다. 그만하라고 어깨를 털어버리고 싶지만 달래주는 이를 생각해 이러지도 저러지도 못할 수도 있을 것이다. 우는 때만큼은 우는 일 자체에 집중해야 한다. 그 때만큼은 우는 내가 최우선이지 다른 사람을 배려하는 일이 자리를 차지해선 안 된다.

옥의 눈물도 앉아 있던 시간에 비례해서 잦아들었다. 그녀의 눈빛과 목소리가 차분히 가라앉는 소리가 들렸다. 그 소리는 깃털이 내려앉는 움직임에 가까웠지만, 누구나 들을 수 있었다. 주머니를 뒤적거려 청포도 맛 사탕 한 개를 건넸다. 작고 동그란 연둣빛 사탕. 나오기 전 눈에 띄어서 미리 챙겨온 것이다.

"드세요. 단 걸 먹으면 기분이 좋아질 거예요."

옥이 거절할 수도 있다고 잠시 생각했지만 옥은 사탕을 입에 넣어 오물거렸다. 한참 울고 난 후 사탕을 기쁘게 받는 그녀가 다 자란 큰 아기처럼 느껴졌다.

논리와 수식에 강한 옥은 아마도 나의 행동이 무수히 울어 본 사람에게서 나온 내공이라는 걸 짐작할 수 없을 것이다. 나는 우는 사람을 대하는 위로만큼 쉬운 것은 없다고 가끔 생각하기도 한다. 말 없는 마음을 헤아리는 일은 정성이 필요하지만, 울음은 그 자체로 나를 보여주는 일이기 때문이다. 그래서 오히려 위로는 생전 모르는, 결이 다른 이에게서 찾아오기도 하나 보다.

우리는 기분 좋게 각자의 자리로 들어와 아무 일 없었던 것처럼 다시 일을 시작했다. 별로 친하지도 않은 이에게 엉뚱한 속내를 들키고 다 쏟아내어 민망했을 테지만 이 일도 그런 채로 속이 개운한 맛에 묻혀 지나갈 것이다.

홀홀 털어낸 그녀를 보며, 오랜만에 당당하게 울고 싶다고 생각했다. 혼자서가 아닌, 마음을 편안히 꺼내어도 흉보지 않을 타인 곁에 앉아 부지런히 울고 싶다고. 때로 촉촉하게 숨 쉬며 살기 위해서 틀림없이 눈물이 필요하다는 걸 알고 있는 사람이라면 낯익지 않아도 내 사탕처럼 푸릇푸릇한 연둣빛 마음을 꺼내어 보여줄 수 있을 것 같다.

울음으로 어깨가 떨릴 때 한 사람이 다시 태어난다. 우는 순간마다 그이는 껍질을 떨궈 내며 새살이 돋아 조금씩 단단해질 것이다. 위로는 그 귀중한 순간을 목도하는 소중한 행동이다. 눈물로 자기 자신을 스스로 위안하는 일을 가치 있게 여길 것. 타인의 곁에서 위로하며 기대는 일을 아름답게 여길 것. 그것이 내가 오늘의 눈물로부터 배운 교훈이다.

후기. 그 뒤로 부장님은 내 곁을 지나갈 때마다 나지막하게 읊조리며 노래를 불렀다. "내가 만약 외로울 때면 누가 나를 위로해주지?"라는 가사로 시작하는 윤복희의 '여러분'이라는 노래였다. 이 노래가 회식의 아이콘으로 거듭나리라는 불길한 예감이 적중할지라도 기분은 몹시 좋았다.

3

부
자
의

냄
새

아침부터 전화를 받고 얼떨결에 불려 나갔다. 명절 연휴 전날이었다. 친구 둘이 앞좌석에서 고개를 돌리더니 텔마와 루이스처럼 의기양양한 표정으로 외쳤다. "가자!"

도착한 곳은 브런치 카페였다. 메뉴를 주문하면서 무심결에 머릿속으로 계산을 한다. 두 개 시키면 삼만 오천 원. 세 개 시키면 오만 원. 커피까지 하면 육만 원이 될 테다. 세 개를 시키자니 한 사람이 가볍게 내기에는 부담스러울 금액이다. 주문하려고 일어서려는 찰나에, 그녀가 탁, 하는 소리와 함께 신용카드 한 장을 탁자 위에 세게 내려치듯 꺼냈다. "내가 낼게." 타짜가 마지막 승리의 카드를 내미는 느낌이었다. 입술 모양이 '후후' 하며 웃는 듯했다. 밥을 사기로 마음먹고 온 것 같았다. 밀고 당기기도 거부하는 강력한 태도에 피식 웃음이 났다. 그래라, 그래. 잘났다.

그녀가 자신이 부자라는 말을 한 적은 없다. 자랑한 적도 물론 없다. 그러나 문득문득 풍기는 말과 태도에서 나는 그녀가 여유 있게 산다는 얘길 들었던 걸 떠올리곤 한다. 이를테면 주문한 메뉴를 기다리며 그녀는 딸의 입맛이 무지 까다롭다는 이야기를 했다. 여행 갔을 때 새로운 식당에 방문했다고 했다.

"처음이라 맛을 보려고 이것저것 시켜봤지. 친정엄마는 맛있다고 드시는데 딸은 안 먹는 거야. ……."

그녀는 어떤 이야기를 이어서 더 했지만, 나는 잠시 다른 생각에 빠졌다.

'맛보기를 위해 음식을 시킨다.'는 말이 생각의 대상이었다. 언제부터인가 새로운 식당에 간 적이 별로 없다. 늘 가던 식당에 가서 밥을 먹고, 그때도 보편적인 메뉴를 고른다. 새로운 식당에 가보는 일을 망설이면서 약속이 있을 때 우연히 방문했다가 괜찮으면 그때야 다시 간다. 메뉴를 정하기 전에는 후기를 검색해 본다. 먹어도 후회가 없을지 요모조모 따져본 후에야 신중하게 하나를 골라 맛을 본다. Best가 적힌 대표 음식이 아니라면 웬만하면 고르지 않는다. 내 마음속에 있는 가장 깊은 생각은 실패하고 싶지 않다는 데에 있는 것 같다. 새로운 음식을 먹으며 후회하는 일이 속상하다. 맛이 없어 속상하고, 그 메뉴를 고르는 데 시간을 써서 속상하고, 분위기를 망쳐버린 것 같아 속상하고……. 이런 식으로 속상한 이유가 점점 길어져 간다.

실상 나에게는 새로운 메뉴를 맛볼 마음의 여유가 없다. 나에게 먹는 일은 마땅히 해야 할 일의 일종이지, 그 이상을 넘볼 필요는 없는 일이다. 내가 지금의 선택에 들인 시간이나 비용이 아깝기 전에 요모조모 따질 수 있을 때까지 따져야 하고 그렇게 내린 결정은 획기적일 수 없다. 보통은 남들이 가는 길을 따라 가고야 만다. 그것이 가장 효율적일 것 같으니까 그렇다. 남들이 먼저 가본 길은 나에게는 그런 의미다.

나는 그녀에게서 나와 다른 태도를 엿본다. 선택할 수 있는 여유. 한 번 실패하더라도 그걸 기꺼이 버리고 다른 것을 새롭게 또 선택할 수 있는 자신감. 나에게는 그게 없다. 그녀의 선택이 항상 쉽다는 의미는 결코 아니다. 또한 그녀는 그토록 허투루 사는 사람도 아니다. 다만 위험의 기회비용이라는 게 그렇다.

그녀는 가방이 필요할 때 백화점에 달려가 자신이 원하는 디자인의 새 가방을 살 수 있는 사람이다. 그러나 나는 아니다. 장바구니에 사고 싶은 물건들을 담아놓고 두 번 세 번을 쳐다보다가 결국에는 '에이, 내가 무슨.'이라며 맘에도 두지 않던 싸구려를 결제하곤 조만간 다시 가방에 대한 새로운 필요를 느낀다. 그녀는 읽고 싶은 책을 사기 위해 기꺼이 용돈의 대부분을 허락한다. 나는 반대로 돈을 아낀답시고 책은 빌려 읽고, 사서 보기를 주저한다. 그 역시 실패할 게 두려워서다. 깨달음에 투자할 여유가 없기에 같은 자리를 무한하게 답습한다. 같은 자리를 빙글빙글 돌며 같은 일만 하기에 결국 그 자리를 벗어나지 못하고 나를 '없는 사람'으로 규정한다.

그와 같은 내 인생에 문제가 있다는 생각을 이제야 하게 된 것은 같은 날 저녁 우리 집에서 벌어진 풍경 때문이었다. 아버지가 주유비며 용돈이 쪼들린다고 말씀하신 게 시작이었다. 용돈까지 나오던 직장에 다니다가 여유가 없으시긴 할 것이다. 아버지는 덩치가 컸고 시선을 피하는 법이 없었다. 말소리가 컸고 어떤 대화든 간에 마무리 말은 당신이 해야만 했다. 계절에 맞는 적절한 옷을 갖춰 입었으며 외모도 번듯했다. 돈이 십 원도 없었던 순간조차 아버지는 초라한 행색을 내보인 적이 없었다. 돈 얘기를 하는 아버지는 어색하기 짝이 없었다.

아버지는 일없이 식탁 주변을 어슬렁거리다가 마침 택배로 도착해서 꺼내놓은 야레카야자 나무가 색달랐는지 유심히 살폈다. 4만 원을 주고 산 야레카야자 나무에 달린 가죽 네임 택이 망가질까 조심스레 만져보던 아버지가 이것이 무엇이냐고 묻는 순간, 이 집에서 사라지고 싶다는 생각은 절정에 달했다.

아이가 배와 다리를 심하게 긁기 시작해 로션을 치덕치덕 발라주다 말고 기껏 검색해서 샀던 화분이었다. 하루라도 빨리 배송이 왔으면 해서 오전부터 주문했었다. 베이지색 토분과 옆으로 퍼지는 수형이 예쁘기도 했다. 우리 집 거실에 놓인 그 화분을 상상하면서 둘째의 가려움도 완화될 수 있으리라 기대를 품었다. 그깟 공기 정화가 뭐라고, 그 가느다란 화분의 가격은 4만 원이었는데 이걸 살 게 아니라 아버지를 드렸어야 했나, 후회가 되었고 잠시 뒤에는 이런 생각을 하고 있는 내가 너무나 싫어졌다. 그깟 4만 원이 뭐라고. 4만 원어치의 쇼핑도 자유로울 수 없나 싶은 마음에 나는 그 자리에 있던 모두가 미워지기까지 했다.

알고는 있다. 부모님의 사정과 내 사정은 엄연한 경계가 있어야 한다는 것을. 그러나 나조차 아무리 생각해도 퇴직한 아버지가 생각하기에 돈 나올 데는 딸밖에 없겠다 싶었다. 엄마야 식비며 공과금을 아끼고 나면 군것질할 돈은 있어도 아버지 줄 용돈은 없다고 할 것이다. 마침 가방에는 명절에 드릴 용돈이 봉투에 담긴 채 주인을 찾아가려고 준비 중이었다. 원래는 엄마에게 드릴 반찬값 명목이었지만 생각을 바꿨다. 방으로 들어가 지갑에서 남아 있는 현금을 모조리 꺼내어 빠르게 봉투 2개에 나누어 담았다. 아버지와 엄마가 다른 살림이라는 게 실감이 났다.

계획 없이 용돈을 나누어 드리고 나니 금쪽같은 쌈짓돈은 사라졌고 지갑은 텅 비었다. 남들도 다 이렇게 사는지 붙잡고 물어보고 싶었다. 참고 쪼들리는지, 후회하는지, 부모님께 드릴 용돈과 아이들에게 들어가는 교육비를 머릿속으로 헤아리는

지. 내 주머니가 제일 소중하다고 여기는 나 같은 사람에게도 비우고 난 자리에 무언가 차오르는 개운함이 있었다. 이걸 무슨 마음이라 불러야 할까? 그러고 보면 지금의 나는 소유를 원한 다면서 역으로 다 줘버리고 편안해하는 기이한 상태였다.

나는 무심결에 아침에 만난 재영을 떠올렸다. 저녁의 나에게 다시 물었다. 너는 왜 이렇게 궁색한가? 가지지 못해서 선택할 수 없는가? 새로운 모험에 열린 자세도? 그럴 리가 없었다. 고 개를 저었다. 그렇다면 그녀와 내가 다른 점은 무엇인가. 나누 고자 하는 의지가 아닐까? 가진 것을 나누려는 마음을, 갖추었 기 때문으로 여기는 내 생각이 그릇된 건 아닐까?

오전의 나는 가난한 사람이었다. 다 털어내고 난 뒤의 홀가 분한 마음으로 홀연히 나는 재영을 새롭게 본다. 그리고 나 역 시 선택할 수 있는 사람이자 나눌 수 있는 사람이 될 수 있다는 희미한 희망이 솟아오르는 걸 느꼈다. 그것이 내게 차오르는 감 정의 정체였다는 걸 알아볼 수 있어 다행이었다.

만나면 기분 좋은 사람

현주가 연락을 했다. 친정에서 과일을 받아 왔으니 갖다 주겠다 했다. 가지와 부추는 있냐며, 그것도 없으면 함께 주겠다고 했다. 언제 갈까 하고 물으니 자신이 갖다 주러 온다고 했지만, 받는 입장에 어떻게 갖다 주는 일까지 승낙할까. 순식간에 없던 핑계까지 만들어 식용유 사러 마트 갈 일이 있으니 나가는 김에 내가 들르겠다고 했다. 큰아이와 함께 나란히 걸어 그녀의 집 대문 앞에 도착했다. 저녁이라 그녀의 집에 남편이 있으리라 짐작해서 벨을 누르지는 않았고, 도착했다고 전화를 걸었다.

현주가 문을 열자 그 집 아이들이 쪼르르 맨발로 뛰어나온다. 그 사이 많이들 컸다고 웃으며 나누는 인사가 정겹다. 현주는 이미 커다란 쇼핑백을 두 개나 준비해 두었다. 그 쇼핑백 안에는 주겠다던 과일과 채소만 들어있는 게 아니다. 더 이상 아이들이 못 입는 작아진 옷가지와 책들도 함께 들어 있다. 두 살 차이가 나는 그 집 아이들의 물건을 우리 집 아이들에게 물려주는 것이다. 아이들 물건이 자주 그렇듯이 엄마 입장에서 한철 쓰고는 쓰지 못하게 된 아까운 것들이 생겨나면 현주는 그중에서도 살뜰하게 꼭 필요할 것 같은 물건을 챙겨 나에게 건네준다. 언니 같다.

"나름대로 살펴보고 깨끗한 거만 추렸는데 그래도 살펴보고 맘에 안 드는 거는 버려."

주면서도 또 미안해한다.

"새 걸 사 줘야 하는데, 늘 헌 거만 줘서 어쩌나."

큰아이가 좋아할 것 같은 로봇 장난감은 옷으로 가려 바닥에 넣어두었다며 필요할 때 꺼내 쓰라고 살짝 귀띔해준다. 로봇을 보면 아이가 펄쩍거리며 당장 내놓으라고 할 것인데, 그걸 엄마에게 몰래 넘겨준다는 건 아이가 떼를 쓸 때 쓸 수 있는 주도권을 하나 챙긴 것과 같다. 이건 아이를 나보다 먼저 키워 본 친구에게서 받을 수 있는 섬세한 챙김이 분명하다.

　이렇게 받는 것이 늘 고맙고도 미안했다. 그 가족에게 필요한 건 뭐가 있을까. 내가 받은 마음이 귀하고 소중해, 돌려줄 때도 귀하게 돌려주고 싶다. 그러나 그 친구보다 결혼도 늦고 인생의 속도도 한 박자 더딘 나는 그녀에게 무엇을 챙겨줘야 좋을지 알지를 못한다. 나보다 사 년 먼저 결혼한 현주는 이미 살림꾼이고, 아이들 장난감도 넘치지 않게 기본을 잘 지킨다. 평소에도 농사를 짓는 친정과 시가에서 받아온 제철 식재료가 넘쳐나고, 현주네 남편도 사람들을 잘 챙겨 보답하려는 사람들이 시시때때로 선물들을 보낸다. 고심 끝에 고작해야 그 집 아이들이 좋아할 만한 아이스크림이나 케이크 같은 가벼운 선물을 해 보면서도 초등학생들의 관심사가 맞는지, 말썽 부릴 소재만 전한 게 아닌지 의구심이 든다.

　오늘은 우리 집에 선물로 들어온 멜론과 호두, 파인애플이 있어 챙겨 나왔다. 맛이라도 보라며 전했다. 파인애플을 통째로 주려다가 2/3쯤 잘라서 넣었다. 먹을 것이 냉장고에 넘치면 부담을 느끼는 깔끔한 친구라 한 번 먹고 말 분량만 고민해 담았다. 집에 돌아오는 길에 메시지가 왔다.

'잘 먹을게. 애들이 좋아하네.'

'다행이네. 더 줄까 하다가 남으면 별로라.'

'딱 좋아.'

친구의 마음을 헤아려 전달된 것이 기뻐 걸음이 가벼워졌다.

늘 그러한 친구다. 첫 직장에서 알게 된 지가 10년이 넘은 친구이다. 우리가 어떻게 지금까지 만나는 사이가 될 수 있었는지 가끔은 신기하다. 처음에는 인정받고 싶은 마음과 누구보다 잘하고 싶은 마음에 우정과 질투 사이에 어중간한 경쟁심도 있었다. 그러나 사회초년생에겐 워낙 힘난했던 직장을 헤쳐 나가며 끈끈한 정이 생겨났다.

그 의리는 신혼 초기 부부싸움에서 출산 후 육아 시절까지 이어졌다. 우리는 서로의 연애와 결혼과 출산까지 가장 가까이에서 지켜보았다. 남들에게는 결코 말할 수 없는 남편 흉을 보기도 했고 각자 일터에서 겪는 신세 한탄을 늘어놓기도 했다. 나이는 같지만 나보다 먼저 아이를 낳았던 그 친구에게 먼저 챙김을 받았다. 내가 아이를 낳은 후에야 알게 된 거지만 독박으로 육아를 했던 그 친구가 새삼 얼마나 크게 보였는지. 힘들다는 사람에게 미역국을 끓여주고, 구구절절 들어주고 공감해준다. 그 고생을 감내한 후 사람들을 더 챙기는 것이다.

살아가면서 나이가 그다지 중요하지 않다는 경험을 자주 한다. 인생에서 무엇을 얼마나 겪었는지에 따라 그 사람은 또래보다 더 성숙한 사람일지도 모르겠다. 그 친구의 살뜰한 챙김 앞에서 나는 늘 철부지 동생이 되곤 하니까.

어떤 인간관계는 세월이 흐르면서 무뎌지고 끊어진다. 인간관계는 보답이라고도 하고, 내가 준 만큼 상대도 내게 내어주어야 한다고 말한다. 나는 우리가 꾸준히 만나며 벽돌처럼 탄탄하게 차곡차곡 우정을 쌓을 수 있었던 것은 그 친구가 내어주는 '작은 나눔' 덕분인 것 같다. 서로가 받은 것을 걱정하며 갚지 않아도 될 만큼, 작은 나눔을 계기로 우리는 더 자주 만나고 더 많은 이야기를 나눌 수 있었으니까 말이다.

그 친구는 그 대가로 나에게 무엇도 요구하지 않는다. 아이 키우고 일하느라 전화를 걸어 수다를 떨 겨를조차 없기도 하지만, 관계를 볼모로 시간을 쓰지 않는다. 내가 힘들 때는 그녀에게 전화하지만, 자신이 힘들 때는 전화하지 않는다. 무엇을 줄 때는 전화하지만, 무엇이 있냐고 묻는 전화는 하지 않는다. 그 친구가 제시한 선이 처음에는 조금 서운할 때도 있었다. 그러나 관계에서 최고가 되려고 하지 않는 그 친구의 마음은 알 만한 것이다. 그렇기에 무엇으로도 갚아지지 않는 고마움을 무엇이라 칭해야 할까. 그 배려는 충분한 헤아림을 가진 사람에게서 나오는 것 같다. 힘든 처지를 겪으며 나만 생각하려는 사람들도 있는데 그 친구는 내가 가진 걸 나누고 싶게 만든다.

요즘의 우리는 아이들을 키우면서 겪는 소소한 결정 앞에서 고민을 자주 나눈다. 태권도를 보내야 할지 말지, 용돈은 얼마를 어떻게 주어야 할지, 게임 시간은 어떻게 제한을 두어야 할지에 대한 것들이다. 우리가 온몸으로 전투하며 아이를 키우던 시기가 어느 정도 지나갔다는 점을 새삼 느낀다.

그러나 현주는 아닌 모양이다. 우리 꼬맹이 둘째가 아직도 너무 어리게만 보이는지 웃음 섞인 투로 묻는다.

"아이고, 언제 다 키울래?"

내가 대답한다.

"아이고, 그러게나 말이다."

서로에게 베푸는 따뜻한 마음이 있어 좋다. 삭막한 날 사이의 든든함이다.

　내가 오랜만에 그녀를 떠올린 까닭은 친정엄마의
호들갑 때문이었다. 외출을 다녀온 엄마는 내게 말
했다.

　"애, 길거리에서 종호 엄마를 봤지 뭐야."

　"종호 엄마? 종호 엄마가 누구세요? 혹시 그 어릴
때?"

　"어머, 그래. 너는 잘 기억 못 하는구나. 우리 옆
집 살았었잖아. 자주 함께 놀았었어. 그런데 내가 불
렀더니 인사를 하는 둥 마는 둥 가버리네. 날 기억 못
했을 리 없는데."

엄마는 제대로 인사를 못 한 게 못내 아쉬운 듯했다. 꼬맹이 시절 기억이 가물가물했다.

어렴풋이 사진 한 장이 떠올랐다. 아마도 한여름인 듯했고, 나는 마당의 수도꼭지에서 콸콸 나오는 수돗물을 커다란 양동이에 가득 받아 찰박대고 있었다. 그 옆에는 바가지 머리의 남자애가 한 명 있었다. 그래, 맞다. 엄마는 그 시절을 논할 때면 종호 엄마를 자주 입에 올렸고, 키득 웃는 표정을 지으며 얼굴이 싱글거렸다. 엄마의 표정에 엄마의 추억이 담긴다.

"저 다섯 살 땐가요?"

"아마 그 정도 되었겠지. 엄마가 수정동으로 처음 이사 갔을 때니까……."

아직 아기였던 나를 데리고 엄마는 시댁을 떠나 새로운 동네로 분가를 했다고 했다. 타지에서 온데다 남편마저 한 달에 두 번꼴로 오는 바람에 엄마는 옆집에 살던 종호 엄마와 친하게 지냈다고 했다. 종호 엄마는 우리 엄마의 육아 메이트였던 셈이다. 어째서 엄마가 길에서 우연히 만난 종호 엄마를 그토록 반가워했는지 알 수 있다. 다른 분을 착각했는지, 아는 척하기 어려운 사정이 있었는지는 몰라도 엄마는 어린 나를 키우던 팔팔한 때로 잠시 돌아가 있었다. 엄마는 신나 보였지만 나는 낯선 동네에서 홀로 아기를 키웠을 엄마가 애잔해졌고 엄마의 그 시절을 함께 보내 준 종호 엄마라는 분이 고마워졌다.

잠시 뒤, 나는 그녀를 떠올렸다. 아, 그녀. 나의 육아 메이트.

첫아이를 낳고 나는 주로 집에 아기와 단둘이 있었다. 친정 식구는 다들 일하러 가서 와줄 만한 사람이 없었고, 친구들은 출산 시기가 달라서 이미 일을 시작했거나 아니면 미혼이었다. 가끔 마트에 가거나 유모차를 끌고 산책을 나갔고 이유식도 준비하며 할 일은 많았지만 혼자 남겨진 환경이 허전했다. 받아주는 곳 없어 아이와 갇혀 있다는 느낌이 들 때면 밖은 더 따사로워 보이고 사람들은 삼삼오오 무리 지어 즐거운 것만 같다. 이렇게 바쁜데 외로울 수도 있구나, 말벗이라도 있었으면 좋겠다, 그런 생각을 했지만 정작 아이를 데리고 갈 만한 곳은 마트나 공원이 전부였다. 문화센터에 가 친구를 만들 수 있을까 기웃거렸지만 내가 타인을 경계하는 만큼 타인도 나를 경계한다는 건 얼마 지나지 않아 깨닫게 되었다. 그 외로움을 틈타 이상한 사람들이 접근하기도 하니까. 아이와 찾아간 대낮의 공원에는 햇볕과 나무만이 우리를 맞아주었고 잠시나마 지나가던 할머니들이 아이에게 말을 걸었다가도 어느 순간 시야에서 사라져 있었다.

자주 방문하던 온라인 맘카페에 올라온 글을 본 건 그때쯤이었다. 나 혼자만 세상에서 고립되어 있는 게 아닌가 싶은 맘이 절정이었던 아기 돌 무렵에.

"아기 친구 만들어요."

이런 글들을 그동안 간간이 보아오긴 했지만 무심히 지나쳐왔다. 아이 또래가 맞는지도 따져봐야 했고, 엄마 나이도 비슷해야 말이라도 끼겠는데, 엄마들 모임에 맘이 틀어지는 경우도 허다하게 들었다. 온라인 친구를 만들 수 있으리라곤 생각하지 않았고 그보다는 차라리 심심한 편을 택했다.

그날 나를 움직인 글은 이런 내용이었다.

"쓸까 말까 엄청 고민하다 용기 내서 글 써요. 타지에서 남편을 따라 내려왔는데 외롭고 힘드네요. 좋은 분과 소통하면서 아기랑 하루 종일 고군분투하며 쌓이는 스트레스 함께 풀고 싶어요. 저랑 같은 분 안 계실까요."

우리 아기는 같은 해 8월생이었다. 그 외에 글에 적힌 정보들은 글을 올린 엄마와 나의 직업군이 같다는 것, 나보다는 나이가 두 살 어리다는 것 등등이었다. 글쓴이를 클릭해 그동안 카페에 쓴 글을 살펴보고는 호감이 생겼다. 다른 이들과 나누고 싶은 정보들, 이를테면 저렴하게 다녀온 여행기나 늘어진 티셔츠로 아이 헤어 밴드를 쉽게 만드는 법들을 공유해서 온라인 카페 내에선 인지도가 높은 분이었고, 무엇보다 그분의 말투이자 문체가 활달하고 씩씩했다. 만남은 평화로웠다. 아기들과 동반해서 키즈 카페를 가거나 커피를 마시러 갔다. 혼자였다면 집에서 캡슐을 내렸을 테지만, 둘이라서 콧바람을 쐬기 위한 용기를 더 낼 수 있었다.

여자들의 우정이 시간을 함께 보내며 비례한다는 건 맞는 말이었다. 만날수록 그녀는 친구 하고 싶은 사람이었다. 그녀가 고른 대화의 화제들은 친근했고 질문은 선을 넘지 않았다. 그러면서도 남편 때문에 속상한 속내는 부드럽게 잘 털어놓아 순식간에 나는 그녀의 가까운 편이 되어 버렸다. 그뿐인가. 알뜰해서 돈을 허투루 쓰는 법이 없었다. 그녀가 입은 옷들은 단정했지만 알고 보면 저렴했고 북유럽 스타일로 코디한 심플한 아이 옷도 출처를 알고 보면 시장에서 산 것들이었다. sns 메신

저를 통해 세일 상품도 공유했다. 그녀가 링크를 보내 준 제품은 할인 폭이 크거나 아이 있는 집이라면 필요한 것들이라 후회가 없었다. 돈 만 원을 쓰면서도 그 가치를 잘 이해하는 사람. 그녀였다.

그녀의 집에 놀러 가기도 했다. 그녀의 집은 깔끔한 무채색의 가구들이 주를 이루었고, 적절하게 튀는 색의 소품들이 곳곳에 놓여 있었다. 사소한 기념품 하나를 고를 때도 집과 어울리는지 신중하게 판단했고, 그 물건은 그녀의 집에서 제대로 녹아들었다. 나는 그녀에게서 예쁜 집이 무엇인지, 그 안목을 배웠다. 그녀는 아기가 졸려 보채면 귀를 만져주며 달래 재웠다. "귀를 만져주면 잘 자요." 우리 애도 잠투정이 무척 심했는데, 그 집에서 울기 시작하자 내게서 아이를 받아 귀를 살살 어루만지고 노래를 부르며 달래주었다. 등을 구부리고 아이를 바라보는 모습에 반한 뒤로 나 역시 집에서 아이가 보챌 때 귀를 슬슬 어루만지며 아기를 토닥거렸다. 그녀를 떠올리면서 말이다.

대부분의 우리 만남은 동네 부근에서 이루어졌다. 아기들이 돌도 되지 않은 한참 어릴 때라 여자들끼리의 여행을 따로 계획한 적은 없지만, 고향이나 학교, 가족관계 모든 면에서 접점이 없는 그녀를 만나는 일 자체가 여행이었다. 그래서인지 그녀를 만나는 일은 설렜다.

우리가 시간을 함께 보낸 지 일 년 남짓 시간이 흘렀을까, 그녀가 조심스레 입을 뗐다. 남편이 다시 발령을 받아 다른 도시로 가야 한다고. 집을 알아보고 있다고 했다. 말을 꺼내는 게 어려워 만날 때마다 언제 말할까 망설였다고 했다. 언제고 돌아갈 사람인 걸 알아서 오히려 대수롭지 않게 대했지만 내 마음은 그냥 서운하다는 말로 표현될 성질이 아니었다.

이사 준비를 위해 한참이나 바쁜 시간을 보낸 그녀와 헤어지기 전 마지막으로 만났다. 그녀는 집으로 오라고 해 편지와 선물을 건넸다. 편지에는 각이 없는 동그란 형태의 글자들이 정성스럽게 쓰여 있었다. 꼭 둥글둥글한 그녀 같았다. 다음에 꼭 놀러 오라고, 떠난 뒤에도 연락하고 만나자고 했다. 나는 고맙다고 꼭 그러자고 고개를 끄덕거리며 손을 잡았다. 하지만 잡은 손을 흔들며 아쉬워하면서도 나는 이것이 우리의 마지막 만남임을 어느 정도는 알고 있었다. 아마 그녀도 이미 짐작하고 있었는지도 모른다.

그날의 분위기는 홀쩍임을 동반하고 있었고, 언제 볼지 모른 다는 미지의 약속에 나는 다소 감상적이었다. 하지만 곧 그녀 는 100리터짜리 종량제 봉투 다섯 장을 나에게 가져갈 거냐고 물었다. 이사하며 잡다한 물건을 버리고 남은, 이제 이사를 가 면 더 이상 쓸 일이 없는 봉투였다. 평소 지닌 그녀의 알뜰한 성 격이 드러난 말이기도 했다. 순식간에 현실적인 분위기로 변했 다. 얼떨결에 알겠다고 답하여 종량제 봉투를 받아들면서야 나 는 그녀가 정말 이곳을 떠난다는 걸, 벌써 마음으로는 저 멀리 큰 도시에 가 있다는 사실을 받아들일 수 있었다.

이런 일들이 처음은 아니었다. 나는 친구들이 타지로 떠남 을 이미 자주 경험했고 또는 내가 먼저 떠난 적도 있었다. 떠나 는 일은 후련하기도 했고 떠나보내는 일은 그립기도 했다. 어쨌 거나 떠난 후에는 간혹 연락을 주고받더라도 관계는 조금씩 희 미해지고 만다. 일상 속에서 주어진 일을 해내며 하루를 보내는 사이에 저절로, 어쩌다가 그렇게 상관없는 사람이 되어간다. 그 걸 깨닫는 순간은 조금 쓸쓸해지지만 떠나간 사람들과 떠나온 장소들을 끝없이 그리워만 하며 살 수도 없는 일이다. 어느새 떠남과 이별을 덤덤히 받아들이게 된 자신이 낯설기도 하다.

그녀가 설사 다시 연락하지 않는다고 해도, 그 연락이 한두 번에 그친다고 해도 나는 서운하지 않을 것이다. 서운하지 않다는 말이 그녀와 내가 보낸 시간이 무의미했다는 뜻은 결코 아니다. 또 그녀와의 시간이 없어진 것도 아니며 누구의 탓도 아니다. 그녀와 함께 보낸 그 일 년을 나는 오래도록 기억할 것이다. 그 외로운 때를 훈훈하고 재밌는 때로 기억할 수 있게 해준 것은 오직 그녀 덕분이라는 걸 알고 있다. 그리고 나를 믿어주고 마음을 내어준 것 역시 고맙다.

우리는 서로 모르는 사람이었다. 함께 힘든 상황을 겪는 엄마들 사이에서 친밀감은 자연스럽게 싹텄다. 친밀감 이후에는 한 사람에 대한 애정이 자라났다. 아마도 그녀가 너무 좋아 생각보다 더 귀찮게 했던 것 같다. 이런 생각 역시 그녀가 떠나고 한참 후에야 떠올릴 수 있었다. 남편의 직장이 또 옮겨가고 아이들을 어디에서 키울 것인지 늘 고민이었던 그녀에게 철부지처럼 기댄 사람은 오히려 나인지도 모른다는 생각은 조금 허전하기도 했다. 마음의 크기가 상대적인 데에서 오는 일조차 무심하게 받아들이지는 못하나 보다. 그녀가 자신의 인생을 설계하는 일에 분주해서 그랬을 거라고 멋대로 해석해 보기도 했다. 깊은 고민은 때로 외로움마저 상쇄시키니까. 그러나 그것만은 아니었다는 걸 나중에 알았다.

시월의 어느 날, 기프티콘으로 마카롱이 도착했던 것이다. 그녀가 보낸 것이다. 오늘이 자신의 아이 생일이라며. 축하받아야 할 사람이 도리어 선물을 보낸 게 고마우면서도 의아해하자 그녀가 그랬다. 우리가 같이 지냈던 그 일 년 전의 그녀 아이 생일날, 내가 축하해준 적이 있다고 했다. "아이 낳느라 고생했어요." 하며 케이크와 커피를 사주었었다고. 그 동네 살 때에 우울증이 심각하게 올 만큼 힘들었는데 덕분에 버텼다며 늦었지만 고맙다고 했다. 만날 때마다 그녀가 무척이나 밝았기에 그 말을 듣고 내심 놀랐지만 내색하지는 않았다. 그마저도 이제 지나간 일이 되어 그녀의 추억이 된 걸 느꼈기 때문이다.

앞으로도 나는 아이의 처음 한 살 동안을 떠올리면 자연스럽게 그녀가 떠오를 것이다. 뭐 할까? 어떻게 살까? 그리고 눈앞에 그녀를 재생시킬 것이다. 눈이 동그랗고 얼굴이 하얗고 귀를 만지며 아기를 어르는 그녀를 말이다. 그녀는 내 옆에서 함께 주름이 늘어가는 친구들과는 다르게, 떠난 지 몇 년이 지나도록 어린 아기를 키우는 젊은 엄마의 모습 그대로 남아 있으리라. 그리고 확신한다. 아는 이 없는 타지에 와서도 친구를 만들었던 그 씩씩함과 영리함으로 아마 어디서든 잘 지내고 있으리라고.

　인생은 알 수 없는 것이기에, 우리도 언젠가 어느 날에 우연히 마주치면 반갑게 인사할 수 있는 인생을 살자고 그녀에게 멀리서 작은 소리로 전해 본다.

6
초
대

그러니까 내가 그 집에 놀러 오라고 주말에 초대를 받았을 때 무척 망설인 것은 당연한 일이다. 직장에서는 매일 보지만, 우리가 개인적으로 집을 공개할 만큼, 그리고 주말에 함께 놀 만큼 친한 사이인지 고민하기 시작했다. 그녀의 뜻은 이해하는 바다. 둘 다 주말에 남편이 근무를 가고 혼자 아이 둘을 봐야 했다. 같은 처지에 있는 엄마들끼리 모여 아이들은 함께 놀게 하고, 우리도 심심한 입을 달래며 함께 점심을 먹고 수다도 떨자는 것이다.

나를 초대한 그녀는 늘 누군가와 함께 육아를 하는 일이 익숙한 것 같았다. 동네 친구, 여동생, 아이의 친구들 등등. 그러나 나는 반대였다. 주말에 딱히 놀러 올 가족은 없고, 늘 우리밖에 없다. 우리는 남편, 나, 첫째, 둘째 이렇게 넷이서 가득 찬 주말을 보낸다. 그것은 총 없는 전쟁터다.

나는 거절할 정도의 자신감도 없었고 혼자 육아를 할 자신도 없었기 때문에 조심스럽게 그녀의 제안을 수락했다. 하지만 이미 가기로 했으면서도 나는 쉴 새 없이 떠오르는 고민과 생각거리들을 떨쳐낼 수가 없었다. 예를 들면 아이 둘이 만나서 어떤 상황이 벌어질까? 아이 둘이 나에게 엉겨 붙어 있거나 싸우면 어쩌지? 남들 앞에서 볼썽사나운 꼴을 보이고 통제가 안 되면 어쩌지? 조바심이 났다. 엄마로서 저 사람은 너무나 허용적이네. 또는 저 집 애들은 버릇이 없어. 이런 평판들을 들으면 부끄러울 것 같았다.

거기다 나는 새로운 사람, 새로운 환경이 수줍다. 그런 성향을 남들에게 고백해보지만, 그들은 대부분 그 발언을 부인했다.

"당신이? 네가? 수줍다고? 너 같은 애가? 말도 안 돼!"

맞아. 말도 안 돼. 그런 착각들을 일일이 해명하고 다니기란 어려운 일이다. 여러 명이 모인 자리를 불편해하는 대신 한두 명과 만나는 만남에서 깊은 이야기를 나누기를 좋아하며, 역시나 목소리도 크지 못하다. 이것이 타고난 성향인지 아니면 어릴 때부터 자주 혼자라는 환경에 노출되었기 때문인지는 분명하게 구분하기 어렵다. 친구들에게 먼저 다가가 친해지는 법은 잘 몰라도 나에게 있는 엷은 다정함을 누군가가 알아보고 다가와 주기를 바라는 갈망은 항상 있었다.

때로는 처음 본 누군가에게 다가가 아무렇지 않게 말을 걸기도 한다.

"처음이세요? 저도 처음이에요."

가끔 낯선 사람에게 그토록 스스럼없이 대하는 나를 볼 때면 나조차도 내가 헷갈리곤 했다. 지금 내가 알고 있는 '나'라는 사람은 아마도 어릴 때 특정한 상황에 처해 있었던 어린 나의 모습을 기정사실화한 건 아닐까? 나는 생각보다 더 사람들과 어울리고 싶어 하는 사람은 아닐까? 나도 궁금했다.

어릴 때 우리 집에 손님이 초대되어 올 때면 나는 방에 숨어 있었다. 또는 짧은 인사를 건네고 방으로 들어갔다. 오로지 내 물건들로만 구성된 내 공간에 들어와 전전긍긍했다. 저 사람들은 언제 가지? 나는 언제 나가서 인사를 해야 하지? 타이밍을 찾느라 귀를 쫑긋 세운 채 부모님들이 나누시는 대화를 엿듣고 있었다. 외향적이고 사교 모임이 많은 부모님들은 그런 나를 답답하게 여겼다. 쑥스러움보다는 소심함, 부끄러움보다는 쌀쌀맞음이라고 해석했다.

저 애는 사교성이 없어.
저 애는 애교가 없어.

그런 평판들은 부모님께 인정받지 못했다는 상처로 묘하게 남아 남몰래 퉁명스럽게 부모님을 대했지만 알지는 못하셨을 것이다. 나는 그저 부끄러웠을 뿐이다. 예의 없고, 폐쇄적이고, 타인을 무시하는 게 아니었다. 그럼에도 불구하고 나는 부모님께 비판받고 싶지 않았다.

사람들이 종종 하는 착각은 분류법이나 이미지와 관련이 있다. 사람들이 가진 잣대는 경험에서 비롯되기도 하고 겉모습을 통해 착각하기도 한다. 나는 잘 웃었기 때문에 외향적이라는 평가를 종종 받았었다. 하지만 마음속으로는 무척 안절부절못했다. 사람이 많은 모임에서 누군가가 나에게 말을 시키면 어떡하지? 친하지 않은 직원이 말을 건다면 무슨 이야기를 나눠야 하지? 횡설수설할 거 같아! 차라리 어색한 자리에 갈 바에는 욕을 먹더라도 안 가는 편이 낫겠어!

엄연히 따지자면 웃는 일은 내가 고안해 낸 나름의 해소 방법이었다. 어색할 때는 웃음소리를 내며 크게 웃기만 해도 분위기를 망치는 나쁜 사람이 되지 않을 수 있었다. 여전히 사람들은 암암리에 사교적이고 활발하며 유머러스한 사람들을 더 긍정적으로 생각한다. 상대방을 피곤하게 만들기보다는 적절히 인사말을 나누고 챙김을 받는 사람이 훨씬 더 친해지기 쉽다는 건 안다. 나 역시 내 성격을 저주하면서 의도적으로 활발하고 유쾌한 사람으로 보이기 위해 애쓴 적이 있다. 그러나 그렇게 사는 일은 몹시 피곤했고, 서로 간의 만남이 오래 유지되지도 않았다.

변명처럼 말하는 일들이 있다. 나는 혼자였고, 오롯한 내 영역에서 자랐다. 그 영역은 누군가가 들어와 깨지 않는 한 쉽게 침범할 수 없었다. 우리 부모님조차 깨지 못했다. 사랑처럼 기막힌 우연들과 기회들이 내 세계를 깨뜨릴 수 있었다. 스스로도 내가 가진 부끄러움은 언제고 좋은 쪽으로 다듬어져야 한다고 생각해 오긴 했다. 표현하지 않는 마음을 헤아려 알아봐 주는 일은 일어나기 희박하기 때문이다.

별수 없이 누군가가 나를 알기 위해서는 조금 더 시간이 걸린다. 사회에서 만나 친해진 한 친구는 10년 정도가 지나서야 내가 원하는 방식으로 나를 이해하기 시작한 것 같다. 그녀는 드디어 말한다.

"태이 너는 생각보다, 따뜻해."

내 기억에 나는 그녀에게 항상 따뜻하게 대해왔던 것 같은데도 말이다.

나는 말보다는 글의 영역에서 훨씬 따뜻한 것 같다. 덜 긴장하기 때문이다. 그게 좋은 일인지는 잘 알 수 없다. 이를테면 글로 소통하는 온라인에서 우리는 아주 간편한 인간관계를 맺을 수 있다. 부담을 지닌 채 직접 만나지 않아도 된다. 눈빛이나 어조를 덜 신경 써도 되며 이모티콘의 도움을 받아 재밌는 사람으로 거듭날 수도 있다. 그러므로 글로 만나는 영역에서 우리의 관계적인 스트레스는 훨씬 덜할지 모른다. 글은 적어도 말보다는 심사숙고할 여지를 우리에게 준다. 빠르지 않은 반응이어도 된다. 나는 그런 일들이 마음 편하게 느껴지지만, 한편으론 곁에 있는 사람으로부터 오는 온기가 필요한 사람이기도 하다.

상처받는 일과 오해받는 일을 두려워하며 혼자 있는 일을 자처하고 싶지는 않았다. 그러므로 진전하는 사람이 되기 위해 용기를 내기로 했다. 새로운 걸 만나면 늘 배우는 게 있었다. 다른 엄마들이 어떻게 아이를 키우는지 얘기할 수 있을 거라고, 그리고 아이들에게도 다른 친구들을 소개해줄 좋은 기회가 될 것이라고 마음을 다시 먹었다.

약속 당일, 아이들이 자주 가지고 노는 장난감들을 챙겨 그녀의 집을 방문했다. 처음 방문하는 집에 커다란 부피의 두루마리 휴지 세트를 들고 벨을 눌렀다. 그녀는 나와 아이들을 반갑게 맞아주었다. 처음 본 아이들은 서먹서먹하게 엄마 뒤에 숨어만 있을 뿐 함께 어울리지 않았다. 그러다가 잠시 후에 이 층 침대에 올라가 간식을 먹으며 드디어 웃음소리가 들리기 시작했다. 아이들은 그 집에 있는 서랍을 모조리 털어 추억 속에 잊고 있었던 옛날 장난감들을 찾아냈고, 이내 마트 놀이를 시작했다. 나와 그녀는 함께 이야기를 나누고 간식을 먹었다.

집으로 돌아오기 전에 우리 넷은 함께 마트에 들렀다. 저녁

거리를 거하게 산 뒤에 나는 양손에 장바구니를 들었고, 그녀는 양손에 비엔나소시지처럼 아이를 둘씩 붙잡고 내 차에 데려다주었다. 돌아오는 길에 나는 마음이 포근했다. 혼자 분주할 뻔했던 하루의 시간은 제법 잘 흘러갔다. 양손에 아이 둘을 주렁주렁 데리고 지휘하며 차로 이끌어가던 그녀의 뒷모습이 떠올랐다. 나는 핸드폰을 켜고 망설임을 덜어낸 태도로 메시지를 전송했다.

"오늘 고마워. 다음번에 우리 집에 놀러 와."

오늘도
안녕해

1

하얀 할머니

하얀 할머니.

머리가 하얗게 세었고 허리가 반으로 굽더라도 세
상에서 가장 따스하고 온화한 나의 외할머니. 그녀를
우리는 하얀 할머니라 부른다.

실상 남아 있는 가족들은 점차 할머니가 되어간다.

전국 각지에 할머니가 있어 부산 할머니, 전주 할
머니, 서울 할머니 등으로 지역 이름을 붙여 불러야
하고, 거기다 고모할머니, 이모할머니, 증조이모 할

머니처럼 계산이 어려운 촌수의 할머니까지 계신다. 더 이상의 나열은 무의미한 일일 것이다. 그들은 가족의 역사처럼 살아 계신다.

그중 하얀 할머니. 나의 가장 특별하고도 아름다운 사람.

익숙한 초록색 대문을 열기 전에는 늘 가슴이 두근댄다. 반가움, 설렘, 익숙함, 할머니의 웃는 얼굴을 본다는 기쁨을 나는 초록색 대문 앞에서 만끽한다.

어릴 때는 대문을 열면 할머니는 주로 마당에서 나를 맞았다. 내가 "할머니." 하고 부르고 뒤돌아보며 "어서 와, 왔니?" 하고 나를 보는 그녀를 상상만 해도, 나는 좋다. 그러나 이제 그런 일은 별로 없다.

사람들이 자라며 한차례의 시간이 지났다. 차차 외할머니는 마루까지만 나와 고개만 기웃 내밀어 "누구요?"라고 묻고, 나를 보면 "응, 태이 왔구나." 하고 활짝 웃었다. 어느 순간 삐거덕거리며 열리는 대문 소리에도 아무 인기척이 없다. 하얀 할머니는 방에만 앉아 있다가 천천히 고개를 돌려 그새 마루 앞에 서 있는 나를 맞는다. 마당에서 마루로, 마루에서 방으로. 그녀가 하얀 할머니가 되기까지 얼마만큼의 시간이 걸렸는지 비로소 어림잡아 본다.

외갓집에 대한 모든 기억은 그 집으로부터 시작된다. 초록색 대문을 열고 들어서는 순간부터 내 마음속의 어린이는 테이프를 끊은 듯 생동감을 띠며 활동하기 시작한다. 여기저기 서 있던 식구들이 하나씩 고개를 내밀며 "왔니, 어서 와. 왔구나."라고 인사하던 게 어렴풋이 떠오르는 것도 같다. "삼촌, 삼촌. 나 서울 구경 시켜줘요." 아이였던 사촌들은 줄지어 외삼촌 앞으로 섰고, 나도 얼른 거기 붙었다. 아마도 난감한 표정이었을 삼촌은 한 명씩 아이들을 차근차근 들어 올려 높이, 높이 하늘을 향해 던져 올렸다가 받아주었다.

그 당시 계절마다 수국과 철쭉, 맨드라미로 가득했던 마당의 화분들은 계속해서 꽃 피우기를 잊은 지 오래다. 외할머니가 즐겨 가꾸었던 화단은 주인의 손길이 그쳤기 때문이다. 외할머니의 마당에는 빗자루와 세숫대야와 수레가 어수선하게 널려 있을 뿐이다.

마루에 올라 두 칸의 방과 부엌을 눈으로 빙 훑어본다. 늘 그래왔듯이 가져온 짐을 마루에 내려놓고 큰방으로 들어간다. 그 방에는 각종 잡동사니와 기념품들이 남아 있다. 30년은 되어 보이는 낡은 사진 앨범, 오래된 방과는 이질적으로 언제나 새것 같은 자개장롱, 어린 손주가 건넨 빛바랜 카네이션, 손때가 탄 인형들이 뒤섞여 있다. 거기엔 내 시선을 잡는 전축도 있다. 작동도 되지 않는 흉물스러운 반쪽짜리 전축이다. 우리 집이 갑작스럽게 어려워졌던 어느 날에 그 전축과 함께 이 집에 내가 왔다. 기억이란 쉽게 잊히고 만들어지기도 하는 것이라지만, 그 전축에 시선이 머물 때마다 멈칫하게 되는 걸 보면 어떤 기억은 오래 살아남는다는 걸 알게 된다.

그녀는 오랫동안 그 옥색의 주택을 혼자 지켰다. 하얀 할머니가 한창 때에 땅을 다져 지은 집이었다. 문간방, 별채까지 만들어서 일곱 삼촌들을 다 키우고도 남는 공간이었다. 아들들이 빠짐없이 장가를 가고, 아이를 낳고, 그 아이들이 또 아이들을 낳는 동안에도 그 집은 우리를 모이게 했다.

한집에서 사십 년씩 산다는 건 어떤 걸까? 이동하지 않고 한자리에서 오래도록 사는 삶이 무엇인지 나는 알기 어렵다. 그 집에 존재했던 물건들과 가구들은 내가 기억하는 한 내내 같은 자리에 있었다. 이를테면 나무 책장은 내가 기억하는 한 삼십 년은 족히 그 자리에 서 있었다. 누구나 유년 시절에 지니고 있는 비밀스러운 장소가 있다면, 아마 나의 그곳은 나무 책장 앞일 것이다.

외삼촌들이 왔다가 모두 돌아간 명절 다음 날, 엄마와 외할머니가 안부를 나누는 동안에 적적했던 나는 그 책장에서 책을 빼내어 읽었다. 막내 외삼촌이 떠난 후 주인을 잃은 책장 속 책들은 오래도록 아무도 찾지 않아 가장자리가 노랗게 부풀어 오르기 시작했다. 조심히 꺼낸 책의 제목은 『난장이가 쏘아올린 작은 공』. 엄마와 외할머니의 대화를 귓등으로 흘려들으며, 햇빛이 가득 들어오는 마루의 구석에 앉아 무슨 뜻인지도 잘 모르는 활자에 마음을 줬다.

부엌 구석에 놓인 냉장고도, 유리를 얹어놓은 굴뚝도. 창문의 꽃무늬 커튼과 달력이 걸린 위치마저도 바뀌지 않았다. 그것들은 이제 집의 일부처럼 보였다. 항상 거기 있어서 신경 써서 보지 않으면 그곳에 있다는 것조차 인식하기 어려웠다.

"사과 먹어라." 엄마가 부른다. 한 칸의 방에서 나와 할머니가 있는 방으로 가 본다. 우리는 티브이를 마주 보고 할머니 옆에 옹기종기 모여 앉는다. 마루에서 비쳐 들어오는 햇살에 장식장 위로 먼지가 하얗게 내려앉은 게 눈에 띄었다. 장식장 앞에 앉아 있는 햇살에 할머니의 하얀 머리칼 위로 하얀 먼지가 보글보글 부풀어 날아다녔다. 티브이를 보는 할머니 역시 그 집의 가구 같다. 이제는 거의 움직이지 않은 채 가만히 앉아 있는. 숨 죽여 귀를 기울이면 겨우겨우 숨소리가 들리는 듯한.

우리가 자라고 자란 만큼 집도 자라고 나이 들어간다. 외할머니의 마당에서는 꽃과 나무가 피었다 지며 자랐고, 장독 안에서는 고추장과 간장이 삭아갔다. 할머니가 마루를 쓸고 닦는 동안 옥상의 기와는 비와 바람에 낡아갔다. 흰색 문양으로 멋을 낸 옥색의 담장은 닦아낼 수 없는 검은 먼지가 끼고 할머니의 주름처럼 실 같은 금이 가기 시작했다. 창고 문은 약간 손을 봤어도 아귀가 맞지 않아 덜컹거렸다. 덜 닫힌 입처럼 사이로 바람이 새어 들었다. 그 집 안에서 매일같이 일어나, 쓸거나 닦거나 물을 먹으며 한 해 한 해를 보냈을 할머니의 하루를 떠올려 본다. 문득 그 집이 할머니와 닮았다는 생각이 든다.

그리고 동시에 두렵다. 외할머니는 허리가 굽고 점점 작아져 땅에 가까워지고 있다. 구부정한 목과 등은 동그랗게 말려 자기 자신의 속으로. 외할머니는 내가 아는 한 늘 그 집에 존재했고, 이제는 그녀가 어디론가 떠날까 봐 무섭다. 그녀의 품에 어리광 부리며 안기고 싶다. 그러나 집에 돌아갈 때가 되어서야 조심스럽게 안아 볼 수밖에 없다. 외할머니를 안으면 너무 구부러져 작아진 그녀의 등에 눈가와 코끝이 찡하며 눈물이 나기 때문이다. 손녀는 새삼 어른인 척을 하느라 훌쩍이는 일이 겸연쩍다. 그런 내게 백발의 할머니는 네 맘 다 안다는 듯이 내 등을 다독이며 빙그레 미소를 띠고 말한다.

"할미는……, 행복한 사람이다."

마루에 앉아 건너편에 높이 솟은 고층 아파트를 바라본다. 나는 이 장소가 머지않아 없어지는 순간을 생각한다. 원래 아무것도 없었던 땅이었듯이 언젠가는 허물어져 아무것도 없이 사라질지도 모른다고.

하지만 사라진다고 해도 결코 지워질 수 없는 것들이 있다고 생각한다. 그 집에서 웅성웅성 모여 앉아 사이좋게 웃으며 전을 부치며 농담을 나누었던 우리들. 작고 오목한 접시 같은 공간에 담겨 가족은 자라고 떠나고 다시 모이며 오랜 삶을 나누었다. 언젠가 그 땅에 한 시절의 시간이 묻히더라도 가족이라는 또 다른 이름의 새삼스러운 시간이 그곳에 돋아날 거라는 걸 우리는 무심결에도 눈치채고야 만다.

외할머니는 긴 세월을 혼자 살았다. 외할머니는 아파트는 당신이 살 곳이 못 된다 하셨다. 외할머니는 텃밭을 일구며 그 집에서 살기를 고집했다.

어릴 때야 혼자 사는 외할머니를 대단하게 생각한 적은 없었다. 상황이 그러려니 했을 뿐이다. 하지만 성인이 된 후에는 외할머니가 새삼스럽게 다르게 보였다. 자취 생활을 떠올려 보면, 혼자 사는 일이 쉽지만은 않았다. 안전하고 안정된 보금자리가 있어야 했고, 그런 집을 위해서는 충분한 자금이 있어야 했고,

혼자 집에 있다는 점만으로도 왈칵 무서움이 끼칠 때도 있었다. 저녁에 집으로 돌아가면 귀에 아무 소리도 들리지 않는 적막감이 참기 힘들어 라디오나 음악, 무엇이라도 소리를 틀어두었다. 덜그럭거리는 소리가 들리면 뉴스에서 봤던 일명 묻지 마 범죄 사건이 떠오르기도 했다. 밥상을 영양가 있게 차리기는 힘들어서 끼니는 대충 먹게 되기 십상이었다.

맞다. 혼자 사는 일의 긍정적인 점도 있었다. 아무래도 자율적이라는 점이다. 내 생활의 전반을 방해받지 않고 계획대로 꾸려가는 것은 꽤나 독립적이고 즐거운 기분이다. 생각보다 더 편하고, 누구와 함께 살면서 심심치 않게 부딪치는 작은 갈등들에서도 자유롭다.

대가족을 뒷바라지하는 생활을 지속해온 외할머니에게 자녀들을 독립시킨 후 혼자 사는 일은 장점이 확연히 많은 일에 속했는지도 모르겠다. 식사와 집안일을 비롯한 모든 범위에서 챙겨야 할 것들이 확연히 줄어들었을 테니 말이다. 평소에 가족과 부대끼며 사는 나 역시 혼자 지내는 자유로운 일상을 떠올리면 입꼬리가 흐뭇하게 올라간다. 혼자 있어본 지가 언제였는지 기억도 나지 않기 때문에. 가족을 위해 늘 무언가를 해야 하는 생활에서 해방되어서 나를 위한 일들만으로 To do list를 짤 수 있다면 행복이 다른 데 있다고 여길 수 없을 것이다.

문제는 외할머니가 차츰 노인이 되어간다는 데 있었다. 허리가 점점 기역 자로 굽고 머리가 백발이고 주름이 자글자글하게 퍼져 누구도 부인할 수 없는 노인 말이다. 혼자 사는 사람들은 점차 늘어나고 노인들도 그 비율에 포함된다. 종종 매스컴에서 1인 노인가구나 독거노인이라는 단어를 접할 때마다 외할머니를 떠올렸지만 곧 지워버렸다. 독거노인, 하면 연상 작용으로 떠오르는 고독감, 외로움, 버려짐, 우울감이라는 이미지들과 우리 외할머니를 연결 짓기란 심적으로도 어려웠다. 아무리 떳떳한 이유가 있다 해도 혼자 사는 외할머니를 가엾게 여긴다는 건 고정관념일까?

우리 외할머니는 자발적으로 혼자 살고 계시는 거야. 아닐 리가 없잖아? 외할머니는 아직 건강하시고, 가족들과 꾸준히 왕래하고, 그리고…… 외할머니는 주택이 어울려. 나는 그녀의 인생을 잘 모르면서도 다른 곳에서 사는 외할머니는 낯설 것 같았다. 동시에 외할머니가 독거노인으로 불리는 것도 원치 않았다. 다른 명칭은 없을까? 이게 전부일까? 우리가 이미 놓친 생락된 게 어딘가에 있는 건 아닐까? 우리의 생활이 먼저이기에 외할머니를 혼자 두는 거라 말하는 일은 너무나 잔혹한 일이다.

외할머니가 혼자라는 생각을 특별히 하지 못한 이유는 동네 이웃 때문이었다. 좁은 골목을 사이에 두고 옹기종기 나란히 서 있던 주택들에는 할머니들이 살고 계셨다. 홀로, 때로는 그분들의 매섭고 충성스러운 강아지와 함께. 남포댁, 부산댁, 옥룡댁 등 출신을 알 수 있는 이름들로 불리는 할머니들은 이웃이자 친구들이었다. 늘 안부를 물을 수 있는 다정한 사람들이 곁에 있었던 셈이다.

할머니들은 정해지지 않은 시간에 햇빛과 바람을 쐬며 대문 앞 의자에 앉아 계셨다. 의자와 소파들도 함께 햇빛을 본 탓에 가죽이 벗겨지고 색은 바랬지만 노인의 무게를 지탱해주기에는 아직도 부족함이 없다. 낯익은 이가 지나가면 안부 겸 인사를 나누었다.

"어디 다녀오요."
"이, 저 텃밭에 댕겨오요."
허공에 대고 무심하게 혼잣말처럼 한마디를 툭 날릴 때도 있다.

"밭에 호박이 열었던데 그걸 어떻게 할까 모르겠네."

잠자코 말이 없다가 그 중 한 분이 답을 한다.

"요즘 애호박은 칼국수 끓여 먹으면 좋지."

주거니 받거니 대화의 릴레이가 이어진다. 누구에게나 열려 있는 골목이란 장소에서 할머니들은 서로의 영역을 최소로 침범하며 적적함을 해소하고 상대방을 환대했다.

슬픈 시간도 찾아왔다. 그 골목에 살던 할머니들은 하나둘씩 어디론가 떠났다. 할머니들은 요양원이나 다른 자녀의 집으로 가셨다가 이내 더 먼 곳으로 돌아가셨고, 거기에 유일하게 남은 사람이 우리 외할머니가 되었다.

외할머니의 연세가 높아질수록 조심스럽게 거처를 논하는 일이 빈번해지지만 정작 외할머니만은 주야장천 일관된 주장을 하고 계셨다.

"아무렇지도 않다. 누워 있는 사람도 아니고. 내 집 놔두고 어딜 가!"

백기를 먼저 든 건 외할머니였다. 그 가을, 외할머니가 우리 엄마에게 직접 연락을 했다. 딸아, 내가 아프다고. 아프니 곁에 와 달라고. 엄마 말에 따르면 외할머니가 직접 딸에게 와 달라고 표현한 일은 처음이었다. 놀란 마음을 움켜쥐고 가서 보니 외할머니가 천장만 보고 눈물을 흘리며 누워 있었다고 했다. 아무도 없는 오래된 방 안에 동그랗게 몸을 웅크린 외할머니가 누워 있었고, 우리 엄마가 듣기론 처음인 아주 낯선 말을 했다고 했다.

"딸아, 나 좀 데려가 다오. 너희 집으로, 나 좀 데리고 가……."

외로움, 질병 이런 일들은 혼자서 굳건히 잘 살던 사람들의 발목을 잡는 무서운 존재들이다. 골목의 친구들이 다 떠나는 동안 외할머니가 무슨 생각을 했을지 짐작하면 마음이 아프다. 살던 장소를 떠나고 싶지 않은 마음, 그리고 옆에 가족이 있었으면 싶은 마음들이 뒤엉켜 있었을 것만 같다. 고집이 센 양반이라고, 쉽게 마음을 돌릴 수 없다고, 외할머니는 그런 사람이라고 가족 모두가 생각했었는데. 정작 자신조차도 어떻게 하면 좋을지 쉽게 결정하지 못했고, 가족들에게 짐이 되고 싶지도 않았던 자존심도 있었던 게 아닐까. 나라도 그랬을 것 같다. 설사 내가 지치고 힘들더라도 이미 굳건해진 자식들과의 간격을 굳이 침범하기란 어려운 일이었을 것이다.

엄마는 며칠을 외할머니 곁에서 머무르며 간호를 했다. 죽을 끓이고, 청소를 하는 일 외에도 할머니가 오래도록 하고 싶었다던 목욕을 시켜드렸다. 동그란 대야에 뜨거운 물을 받아 거품을 내어 씻고 때를 벗기는 일이 고되었을 텐데도 엄마 역시 할머니만큼이나 후련한 표정이었다.

일주일쯤 지나 외할머니는 기운을 회복하셨다. 엄마는 조심스럽게 외할머니를 모시고 올 계획을 가족들에게 전했다. 정작 거절한 건 외할머니였다. 전화를 건 내게는 "내가 아파 네가 고생이 많았다."라고 하시며 "할머니는 아무 데도 안 간다. 말은 고맙지만 어떻게 여기를 떠나겠니." 하는 말로 확고하게 오지 않기로 마음을 잡수신 걸 알리셨다.

우리 모두는 알고 있다. 익숙하면서도 편안한 자신만의 공간이 주는 안정감을 말이다. 혼자 살 것인가, 같이 살 것인가를 결정하는 중요한 문제는 어디에서 자신이 주인으로 살아갈 수 있는지를 판단하는 일과 맥락을 같이한다. 외할머니는 거동이 허락하는 한 계속 혼자 사는 삶을 선택하면서 자기만의 공간을 지키기로 했지만, 외할머니가 그곳에서 살아갈 시간을 앞으로도 계속해서 존중해야 하는지는 여전히 고민스러운 부분이다.

티 내지 않을 고민을 안고 식구들은 시간이 허락하는 한 외할머니를 자주 찾아간다. 외할머니가 혼자라고 느끼지 않도록, 특정한 일이 있거나에 상관없이 그저 시간을 같이 보내며 곁에 오래도록 머무는 방식으로 떠났다가 돌아오면서. 어쩌면 이 사건으로 우리는 혼자 사는 가족의 곁에서 그의 영역을 배려하며 지내는 농밀함에 대해 더 깊숙이 알게 된 것 같다.

단정적으로 규정하긴 힘들지만 혼자 사는 일은 외할머니에게 아직도 누군가와 함께 사는 일보다는 편안한 일인 것 같고, 외할머니가 주말에 기다리는 가족이 있다는 것만으로도 그녀의 일상이 훨씬 풍부해졌다는 건 우리에게도 역시 즐거운 일이 되었다. 완벽하지는 않아도 시기적절하게 가족을 챙기며 맞춰 간다는 건 어렵고도 뿌듯한 일이다.

우리 엄마는 이제 외할머니를 자신을 낳아준 엄마라기보다는 잘 아는 이웃 어른처럼 보는 것 같다. 엄마가 "저 늙은 양반

이 끝내 자기 집에서 돌아가시려고 저러나 보다." 하고 종종 말
하는 투가 그렇다. "아프면 연락이나 할 것이지 혼자서 끙끙 앓
고 있을 게 뭐니." 하며 짠하다고 혀를 찬다. 나는 그 말을 듣고
껄껄 웃고야 말았다. 하긴, 70이나 나이 먹은 딸이 90이나 먹은
어머니 흉을 보는 일이 심각할 일은 아니다. 다만 우리 엄마 역
시 아플 때마다 연락도 없이 혼자 앓는 사람이기에 그 성격이
어디서 왔는지 짐작할 수 있어서였다.

나는 짓궂게 엄마에게 장난을 걸었다.

"그럼 엄마는 나중에 내가 같이 살자면 같이 살 거예요?"

엄마는 적잖이 당황한 표정이 되었다가 잠시 후에는 오히려
큰소리를 쳤다.

"딸이 같이 살자면 같이 살아야지. 늙은 내가 별수 있니? 나
도 예전 같지 않다."

나는 또 피식 웃고 말았다. 엄마는 내가 결혼한 후에도 한 번
도 딸의 집에서 잔 적이 없는 사람이다. 아주 비가 많이 오거나,
아주 눈이 많이 왔던 날에도 엄마는 "우리 집에서 안 자면 잠이
안 온다."며 기어코 집으로 향했던, 외할머니와 똑 닮은 그런 사
람이다.

오늘처럼 엄마가 외할머니 댁에서 자는 밤이면 상상을 한다. 나는 작은 방에 나란히 누워 있는 두 노인을 쉽게 떠올릴 수 있다. 상상 속에서 나는 두 노인 사이를 비집고 들어간다. 밤이 되어 밖은 어둡고, 어디선가 들어온 외풍이 코끝을 시리게 만들 것이다. 외할머니는 졸다 깨다 하며 엄마에게 말을 시킬 것이고, 눈을 감은 엄마도 말끝마다 대답을 할 것이다. 그건 평생을 해도 끝내 못다 나눌 이야기들이다. 오붓하게 끊임없이 반복되는 이야기들이기도 하다. 두런두런 이야기 나누는 소리를 들으며 나는 시린 코끝을 감추려 이불을 뒤집어쓰고 곧 잠이 들 것이다. 그러는 동안 두 사람도 어느샌가 머리 검었던 젊은 날로 돌아가 잠이 든다. 눈을 가만히 감은 모습은 아주 어렸던 날의 명절날 우리 셋이 나란히 잠들었던 그날과 같을 것이다.

3

허
기

엄마, 오늘 점심은 미역국이에요. 미역을 마늘에
달달달 볶고 나니 마침 엄마에게 전화가 왔고, 제 목
소리가 갈라지니 엄마는 그랬죠.

"좀 쉬어라."

"네."

저는 머뭇거리다가 대답을 했죠. 엄마는 연이어
덧붙였어요.

"그래, 어떻게 쉬겠느냐만 그래도 좀 쉬어라."

전화를 끊고 저는 가스레인지 앞에 서서 가만히

국물이 끓기를 기다려요. 곧 12시라 점심을 먹어야 하거든요. 흐린 날에는 점심 따위 건너뛰면 얼마나 좋을까요. 엄마도 평생을 이렇게 끼니를 고민하며 살아왔죠. 엄마는 잘 먹는 일이 중요하다고 "안 먹으면 기운이 없어!" 하고 자주 말했어요.

계절마다 나오던 과일이나 채소를 시장에서 한가득 사 오면서 싱글벙글했던 게 기억나요. 저는 엄마를 보며, 저 제철 과일이 그렇게 좋을까, 생각했고요. 특히 자두를 대하는 엄마와 저의 태도는 정말 달랐잖아요. 엄마는 감탄을 잘했어요. "색깔 고운 거 봐라!" 씨앗을 발라내는 게 거추장스러워서 저는 자두를 좋아하지 않는데, 엄마는 그런 저를 보면서 매번 왜 안 먹느냐고 물었죠. 저는 먹기를 즐겁게 생각하는 엄마의 흠 없는 아이가 아니었어요. 마르고 잘 먹지 않아 엄마를 성가시게 했죠.

저는 엄마가 왜 이렇게 먹는 일을 중히 여겼는지 잘 몰랐어요. 엄마가 되어보니 내 자식 잘 먹는 게 그토록 중요하고 뿌듯한 일이라는 걸 알겠어요. 시간을 들여 만든 만큼 더 소중해지죠. 세상의 엄마들이 아이를 사랑할 수밖에 없는 건 시간을 담뿍 투자해서이기도 할 걸요. 눈에 보이지도 않는 노력과 봉사가 포동포동한 살로 변해가잖아요. 저렇게, 저렇게 무럭무럭 크는 걸 모두가 알 수 있잖아요.

국물이 바글바글 끓어올라요. 한소끔 끓어오르고 나면 십 분 가량 중불에 더 올려둘게요. 이때쯤 멸치 액젓을 한 방울만 넣으면 되죠? 엄마가 끓인 떡국을 먹으며 "기가 막히다! 엄마!" 했더니 알려준 거죠. 나머지는 제가 좋아하는 대로 요리했어요. 미역보다 국물을 넉넉하게 하며 쇠고기도 한 움큼 넣었어요.

처음 결혼했을 때는 인생이 쉬웠어요. 남들 눈에 띄게 화려하지는 않지만 그럭저럭 안정적인 생활은 있을 거라고 여겼고 처음이라 서툴러도 뭐든지 즐거웠어요. 결혼식 날 기억하세요? 친한 언니들이 그랬잖아요. "태이 너는 잘할 거야." 저는 무엇을 잘한다는 말인지도 모르면서 잘할 거라니 좋았고요. 언니들에게 씩씩하게 대답했어요. "그럼요. 언니." 그 언니들은 어디에 있을까요.

먹고 나면 치우고, 이 생활이 끝도 없어서 한숨이 나와요. 또 저녁밥을 미리 생각해 두어야겠네요. 밑반찬도 만들어 두어야 하고, 내일은 출근이니 장도 봐서 냉동실에 소분도 해두어야 해요. 먹고 사는 일은 정말이지 출구가 없어요. 살아 있는 동안 계속 먹어야겠죠. 그 기쁜 일이 영원처럼 느껴져요. 시간이 가는 걸 느끼면서도 한편으로는 영원히 제자리인 것만 같아요. 영원이라는 말이 좋은 건 줄로만 알았는데 이런 생활이 영원이라면 어째야 하는 건지 저도 잘 모르겠어요.

쇼핑몰에 갔다가 커다란 봉투를 여러 개 들고 다니는 가족들을 봤어요. 진열된 물건들을 정신없이 바라보다가 밝은 조명에 휘청했어요. 아이들은 원하는 게 많아요. 마트에 가자고, 놀이공원에 가자고, 친구 집에는 있는 게 우리 집엔 없다고, 인형을 사달라고 졸라요. 철이 없어서 그렇다고요? 워낙 새로운 게 하루가 다르게 나오니까요. 신기한 건 금방 질리기도 하죠. 보고 또 봐도 흥미로운 게 있긴 할까요. 제 기억 속 가장 원초적이고 깊은 곳에 있는지도 몰라요.

어릴 때 나도 그렇게 갖고 싶은 게 많았었나? 떠올려 봐요. 안 된다는 말을 자주 들으며 저는 언젠가부터 부모님께 원하는 걸 해달라고 말한 적이 없었어요. 사소하죠. 어릴 때 일을 아직도 담아둔다는 게. 그런데 왜 그런 기억이 사라지지 않는지 모르겠어요. 먹고사는 거 말고도 제가 관심을 가질 수 있는 게 필요했고 책은 아주 저렴한 수단이었죠. 팽개치기도 쉽고 다시 돌아가기도 쉬웠어요. 엄마는 내가 키우기 편했다고, 모든 일을 혼자 알아서 했다고 말했지만 저는 답이 없어 포기하면서 혼자 우울했었어요.

아이들이 끝없이 제게 없는 걸 원하면 어떻게 해야 할까요? 안 되는 건 안 된다고 하고, 되는 건 된다고 하면 되는데 안 된다고 말할 자신이 없는 건 왜일까요. 알아요. 진짜 허기와 가짜 허기를 구분하지 못하고 있다는 걸요. 저에겐 풍성한 식탁만큼이나 엄마의 그럴듯한 지지가 필요했어요. 엄마가 저더러 '다 될 수는 없다'고 할지 몰라도 부탁이니 먹고 사는 일 말고도 중요한 게 있다고 말해주세요. 안아주고 다독여주는 일로도 허기를 채울 수 있다고요.

지나치게 많이 알고 있다고, 실은 그렇지 않으면서도 생각해요. 제가 너무 많이 갖고 싶어 한다고 생각해요. 선입견 없이 아무것도 몰라서 재지 않고 싶어요. 모든 사람을 순수하게 대하고 싶어요. 지금 가진 것들만으로도 이미 무겁지만 그래도 더 가져야 할 것 같아요. 다가올 시간이 무서우니까요. 세상이 무너질 때 필요할지도 모르는 것들을 꼭 움켜쥘 거예요. 그리고 어쨌거나 최선을 다할 거예요. 지켜야 할 것도 시간을 나눠야 할 사람도 너무 많거든요.

똑똑해지고 싶어요. 그래야 그나마 가진 걸 지킬 수 있죠. 우리는 몽땅 잃어봤잖아요. 일도 잘하고 싶어요. 일할 수 있는 기회는 유일하게 저를 위해 가진 것이죠. 더 늦기 전에 저를 증명하고 싶어요. 또 시름없이 살고 싶어요. 어떡하지, 내가 잘못했나, 내일도 고되지 않았으면 좋겠다는 그런 생각들 없이요. 잘 되어야지, 하는 생각조차 없이 살아도 아무 일도 일어나지 않았으면 좋겠어요. 그런 게 행복 아닐까요.

사랑하고 싶다는 생각을 했어요. 제 젊음을요. 저는 그때 제가 예쁜 줄도 몰랐잖아요. 저를 더 자주 아껴줄 거예요. 함부로 다루지 않고 저에게 자주 물어볼 거예요. 무엇이든지요.

길을 걸어가다 말고 립스틱과 향수를 샀어요. 엄마는 애들더러 '너희 엄마 속없다' 하겠지만 이유 없이 그러고 싶었어요. 정말 오랜만이었어요. 약속 없이도 두근거렸던 그때처럼, 그리고 나를 위해 온갖 시간을 썼던 때 같았어요. 아무 일도 일어나지 않았죠. 역시나 그래서 좋았어요. 오늘 내내 달리지 않아도, 다 할 수 있다고 말해주세요, 엄마. 스물네 시간이 너에게만은 촘촘히 부풀어 홍청홍청 넘쳐날 거라고, 우리는 천천히 나이 들 거고 아직 사랑할 시간은 남았다고도 말해주세요.

4
자랑할 만한 하루

"너희 집도 화이트 인테리어니?"

연말에 만난 나의 사랑스러운 친구는 의심쩍은 눈으로 질문했고, 다소 뜨끔한 상태로 고개를 끄덕였다. 친구는 역시는 역시라는 듯이 말했다.

"최근 결혼한 지인들이 다 너처럼 살아. 남편은 회사원이고, 아이가 있고, 집은 화이트 인테리어와 나비 주름 커튼이고, 바닥에는 북유럽 스타일의 매트. 어쩜 그렇게 영화에 나오는 것처럼 남편, 아내, 아들, 딸 4인 가족을 구성하고 사는지."

그녀의 지적대로 나 역시 한 치도 다른 게 없었다. 매일 출근하는 직장이 있고, 아들 하나, 딸 하나를 낳은 4명의 가족을 꾸린 삶. 안정적이고 예측 가능한 인생. 이러다 죽겠지. 그걸 불평하는 건 아니었다. 다만 가족들을 돌보고, 돈을 벌고, 남은 시간을 쪼개어 나에게 쓰며 주어진 일상을 충실히 보내다가도 내 인생이 이것뿐이라는 생각이 들면 어쩔 줄을 몰랐다.

무엇보다 이제야 '하고 싶은 일을 하고 싶다.' 이렇게 말하기는 쑥스러웠다. 제대로 살고 싶었다. 그렇대도 자신감 없이 움츠러드는 이 행동 자체가 내 진정한 속마음인지도 모른다. 알수 없는 미래 앞에서 늘 작아지고 만다. 더 벌어야 한다는 생각, 안정된 생활을 만들어야 한다는 압박감, 등 뒤에 숨어 있는 뒷바라지할 식구들. 평범함이란 대부분의 사람들이 가진 동일한 고민에 소속된 집단을 칭하는 단어가 아닐까.

'제대로 산다'는 게 무엇인지 정확히 규정하지는 못했지만 성공한 사람들이 쓴 책은 영향력이 있었다. 영향을 받아 실천한 일 중 하나가 새벽에 일어나기였다. 새벽에 일어나기야 말로 실패해도 저당 잡힐 건 그날 오후의 낮잠 시간뿐이 아닌가 싶었기 때문이다. 나는 어떤 일이라도 자신을 위해 도전해보고 싶었다. 나는 쓸모 있어. 내 인생은 달라질 수 있어. 믿을 거리가 필요했다. 그렇게 새벽에 일어나는 일이 시작되었다.

오로지 책상에서 아무 방해도 없이 '나만의 것'을 할 수 있었다. 야호! 홀로 있는 기쁨이 이런 것이라니. 아무 소리도 들리지 않아! 멍하니 앉아만 있더라도 개의치 않았다. 왜 이렇게 피곤해 보이느냐는 주변의 말도 쉽사리 넘겼다. 나는 새벽에 일어나는 일이 주는 효과를 열 가지는 넘게 세며 자부심을 다졌다. 사람은 기이하게도 믿는 대로 행동하며, 좋다고 여기면 싫은 점마저도 좋다고 착각할 수 있는 서툰 존재가 아닌가?

아침에 일찍 일어나는 일이 계속되면서 나는 은근히 남편에게 자랑 겸 생색을 내기 시작했다. 아침에 일어나 뭐 하느냐고 먼저 물어본 것은 남편이었다. 안방 문틈 사이로 새어 들어오는 형광등 불빛과 거세게 두들겨대는 키보드 소리에 자꾸 깬다고 했다. 나는 누구를 좋아하다 들킨 사람처럼 우물쭈물 대답했다.

"사실은 요즘, 나 새벽에 일어난다?"

"아니, 왜?"

쓸데없는 일을 한다는 표정에 김이 확 샜다.

"열심히 살아보려고."

요즘 내가 내 삶을 바꾸기 위해 이토록 노력하고 있는 걸 봐라, 나는 이런 사람이다. 대시라도 하는 사람처럼 나는 끝없이 어필했다. 남편은 콧대가 엄청 높은 듯이 별로 귀담아듣지도 않았다.

남편은 다른 의미의 새벽형 인간이었다. 새벽에 늦게 자는 전형적인 야행성 리듬. 심지어 잠은 타인이 결코 침범해서는 안 되는 영역으로 간주하며 개인의 수면 시간을 끝끝내 지킨다. 각자에게 맞는 적절한 수면 시간과 방법이 있다고는 하지만 내 수면은 아이에 맞춰 계속 반토막이 났는데도 어째서 남편의 수면 시간은 변함이 없는 거지? 피곤해서 불만투성이인 아내가 있고, 노력해도(한다고 치고) 일어나지 못하는 남편이 여기 있다. 그러므로 새벽에 일어나는 일의 장점을 계속 말하는 아내와, 그 이야기를 귓등으로 흘리는 남편 간의 신경전은 계속 진행되었다.

남편에게 할 수 있는 대화거리는 집안 대소사뿐만은 아니다. 타인에게 가려 할 말도 남편에게 할 수 있는 것들이 있다. 이를테면 남 욕이라든지 정치 얘기라든지. 체면 때문에 사건의 일부만 축약하지 않아도 되며 은근히 나를 잘 알고 있는 자이기도 했다. 하지만 남편의 엉뚱한 반응들을 보면서 나는 '왜 사람은 혼자 알기만 해도 되는 말을 굳이 꺼내고 싶어 하는가?'라는 질문이 생기기도 한다. 어쨌든 먼저 말을 시작하는 사람은 거의 나고, 이야기를 못 해 아쉬운 쪽도 나다.

남편은 그날따라 딱히 요청도 하지 않았는데 "응, 응." 하며 고개를 끄덕거리고 있었고, 그러다 보니 내 말이 자연스럽게 길어지고 말았다. 내 일장 연설을 한참 듣던 남편은 접힌 빨래를 서랍에 집어넣으며 문득 "괜한 고생하지 마."라고 툭 던지고 방에서 나가버렸다. 그것도 무척 짠하다는 듯이 표정을 지으며. 남편은 다시 거실로 나와 아이들 빨래를 집어 들더니 말했다.

"내가 더 잘 벌어서 당신 고생 안 하게 해줘야 하는데 말이야. 미안해."

아니, 이건 또 무슨 소린가. 착각도 유분수지. 새벽에 일어나는 일을 성공의 지름길로 삼는 아내는 부지런해 보이기보다는 안쓰러워 보이는 것인가. 남편의 인식은 살짝 구시대적인 면이 있어 골치가 아파 왔다.

내가 새벽에 일어나는 일은 당신의 벌이와는 아무 상관관계가 없고, 아니, 아주 조금 있긴 한데, 그렇다고 해서 그게 전부는 아니고, 편하게 살기와 일찍 일어나기는 다른 의미이고, 진심으로 나는 내 성취를 위해서…… 머릿속에서 회오리 같은 바람이 붕 불어 올랐다가 서랍을 닫는 탁, 소리와 함께 가라앉았다.

그날 이후로 잘난 척은 하지 않기로 했다. 하긴, 자연스럽게 그렇게 되었다. 새벽에 일어나기가 내 몸에 적응될수록 새벽에 일어난다는 건 스스로와의 비밀스러운 약속이 되었다. 아무도 몰라도, 자랑할 데가 없어도 괜찮았다.

겨울의 새벽 5시는 아직 캄캄했다. 어둠을 밝히는 일은 오로지 길 건너 편의점의 몫이었다. 책상 오른쪽 창밖으로 그 편의점이 보였다. 새벽의 어둠은 생각보다 짙었다. 도로마저도 분간이 잘되지 않을 만큼이었다. 설사 길을 걷고 있는 사람이 있었더라도 나는 몰랐을 것이다. 계절이 바뀌는 긴 기간 동안 한 번도 그 편의점의 형광등 빛이 꺼진 적은 없었다. 오로지 혼자가 되기 위해 새벽에 일어났으면서도 나보다 먼저 일어나 있는 그 환한 불빛에 의지했다. 컴퓨터를 켜고 한참 쓰다가 지치면 불이 켜진 편의점을 가만히 바라보며 예의 주시했다. 이 새벽에 홀로가 아니라는 걸 확인받았다. 누군가는 분명 깨어 있다고. 나를 다독거린 후 고개를 돌려 다시 쓰고, 그렇게 반복하다 보면 어느새 도로에는 헤드라이트를 켠 자동차나 큰 버스가 한 대, 두 대씩 지나다니기 시작했다. 산과 하늘이 맞닿은 경계가 진한 주황색으로 바뀌며 빛나고, 그러면 다시 하루가 시작된 걸 알았다.

그건 내 삶에 일어난 아무렇지 않은 작은 변화였다. 앞서 나는 사람이 좋아하면 싫은 일도 착각할 수 있다고 말했다. 그러나 새벽에 일어나는 일에 대해서라면 그건 진실은 아니었다. 그 시간은 내 마음의 힘을 기르는 시간이었다. 나는 그동안 눈에 보이지 않는 힘들을 경시해왔다. 자신감, 성취감, 의지라는 이름으로 불리는 것들 말이다. 다분히 현실적인 사람으로서, 눈에 보이는 높은 수준의 의식주를 먼저 따졌고 거기서 의미가 온다고 여겼다.

그러나 이제는 그렇지 않다. 나는 새벽에 일어나서 고요히 마음을 돌보고, 글을 읽으며 좋은 힘을 받으며 하루 중 가장 중요한 일을 집중해서 도모한다. 새벽에 일어나기는 자신을 혹독하게 몰아넣는 데에서 오는 긍정적인 착각이 아니었다. 이 새벽에 하늘과 거리는 컴컴하고 내 방의 불빛은 밝다. 이대로라면 나는 오늘 하루도 빛나게 보낼 수 있을 것만 같다. 오늘 하루도 불안하지 않다. 안녕하다.

정신적 가치의 중요성을 깨달을수록 이상스럽게 더 발목을 잡는 것은 생활이라는 녀석이다. 제아무리 충만한 자존감으로 무장하고 있더라도 먹지 않고 살 수는 없다. 수도승처럼 마음이 깨끗하고 가난한 일은 자신을 절제하게 만드는 데에는 최고이나 우리에겐 안락하면서도 안심하고 여기저기 물건을 늘어놓아도 상관없을 포근한 집이 필요하다.

그렇다면 포근한 집이란 뭘까? 엄마와 함께 살던 집에서 나온 지 십 년이 넘어가지만 아직도 그 집에는 내가 기억해낼 수 있는 물건들이 남아 있다. 결혼 전에 내가 가지고 있던 잡다한 문구나 사진들이 그렇고, 졸업앨범이나 한때 읽었던 책들, 또 엄마가 사놓고도 쓰기를 잊어버린 약이나 냄비들이 그렇다. 간혹 엄마의 집을 방문할 때면 그 물건들을 모조리 처분하고 싶은 강력한 욕구에 휩싸인다. 원래 자리 잡고 있던 물건들 위에 새로 필요해진 물건들이 더해지면서 점점 공간의 주인이 뒤바뀌어 보이기 때문이다.

"이거 버리자. 저거도 치우자. 내가 해줄게."라고 말한들 엄마는 동의하지 않는다. 모든 물건이 아직 엄마에겐 효용 가치가 있다. 앞으로도 당분간 절대 사용하지 않을 것이며, 설사 필요하다고 한들 어디에 있는지 찾지 못하더라도 물건 하나하나에 담긴 추억을 엄마는 버릴 수 없다.

"야, 그건 너 결혼할 때 주려고 산 거야."

"야, 그건 아빠가 총각 때 쓰던 필름 카메라야."

"야, 그건 엄마가 나중에 입을 거야, 살 빼면."

"야, 그건 너희 아빠가 95년도에 체육대회 기념으로 받은 수건이야."

그 물건들이 대체로 멀쩡한 까닭에 그 집은 이제 원하지 않아도 과거로 가는 타임머신이 되어버렸다. 추억이 있는 집이 포근할 수는 있을 것 같다. 그 추억이 물건으로만 가능하냐는 건 의문이다. 엄마는 과거로 분기마다 증축하는 집에 사는 것처럼 느껴진다. 변해가고 있는 우리에겐 그에 걸맞은 새로운 주제들을 담을 공간도 필요하지만 엄마에겐 미래보다 과거가 더 중요한 화두일지도 모른다.

한참 커나가는 아이들이 사는 우리 집은 반대로 점차 짐을 줄이는 데 초점을 두고 있다. 우리에겐 매일매일의 새로운 사건들을 상징하는 물건들을 보관할 곳이 넘치도록 필요하다. 아이가 처음으로 엄마라고 썼던 쪽지, 태권도 승급 심사에서 격파했던 나무 조각. 인생에서 우리가 나눌 추억은 작고도 어마어마하게 늘어갔다. 소중한 모든 추억을 보관하기란 불가능하다는 걸 알아차리는 건 금방이었다.

다만 해소되지 않은 궁금증도 있다. 이 추억의 물건들은 누구를 위한 매개체지? 누구에게 소중해야 하지? 간직할 만큼 오래도록 간직했다가 물건의 주인에게 선택권을 주어야 하나?

남편의 경우에는 초등학교 때 썼던 일기장 묶음을 상자에 담아 이사 다닐 때마다 챙겨 다닌다. 그 상자 안에는 그가 중학교 때 미술 시간에 그렸던 스케치북과 색연필이 들어 있고, 고등학교 때 여수에서 산 수학여행의 기념품이 담겨 있다. 남편이 분가하면서 그걸 본가에 두고 오지 않은 게 신기했었다. 하지만 같이 살면서 알게 된 건 그는 원래 그런 인간이라는 것이다. 입다가 헐어서 의류 수거함에 넣으려는 바지를 한참 만지작거리다가 "이거 당신과 데이트할 때 같이 가서 샀던 건데." 하며 사진을 찍어 보관하는 사람이다. 그의 머릿속 클라우드는 꽤 정돈이 잘 되어 있을 것임에 틀림없다.

나는 반대다. 아주 자주 버리고, 필요할 때 다시 산다. 내가 자주 하는 말은 "이게 있었어?"이기도 하다. 애초부터 그랬던 건 아니다. 부모님과 떨어져 살면서 자주 짐을 옮겨야 하는 동안 늘 최소한의 짐만을 챙겨왔던 것 같다. 내가 머물던 공간들은 대체로 작아서 가장 필요한 것들을 선택해야 했다.

의외로 보내기에 어려웠던 종류는 비싼 물건들이 아니었다. 오히려 추억이 서려 있을 때는 '필요/불필요'를 정하기가 곤란했다. 매우 아꼈고 그것을 입으면 포근한 기분이 느껴지던 스웨터는 무려 십 년 전의 옷이었다. 이런 물건의 카테고리는 어디일까? 버려야 할까, 아니면 간직해야 할까? 아니면 사이즈만 맞는다면 아직 입을 수 있는 카테고리로 분류해야 할까? 그 스웨터가 아직까지 서랍에 남아 있는 이유는 정확하게 표현하기 어려운 소중함을 간직했기 때문일 것이다. 그 정체는 한 시절이 지나갈 때의 시원섭섭함인 것 같다. 스웨터를 입었을 때 유난히 예뻐 보였던 자신, 그리고 그 옷을 입을 때 즐거웠던 기억들도 같이 애틋하게 수면 위로 떠올랐고 스웨터를 만질 땐 포기할 수 없을 만큼 포근하고 푹 안아주는 느낌을 받았다. 마치 절대 복원할 수 없는 어린 시절의 담요처럼 말이다. 하지만 현실적으로는 보풀이 일고 점점 낡아가며 몸에도 맞지 않는 스웨터였기에 나는 헤어짐을 고했다. 우리가 우리의 물건을 처분할 수 있는 주인이 된 건 다행스러운 일이다.

그렇다면 질문이 남았다. 이렇게 추억들마저 버리면서 우리가 얻은 것은 무엇인가? 바로 '공간'이다. 공간을 통해서 우리는 가구 배치를 달리했고, 그 공간에서 더 여유롭게 움직일 수 있게 되었다. 꽉 채워진 과거보다는 더 채울 수 있는 미래를 택한 셈이다. 사실 나는 약한 존재라 눈에 보이는 것을 쉽게 믿는다. 깨끗하고 정갈한 집은 나와 동일시된다. 주변이 잘 정돈되어 있어 찾는 물건을 쉽게 찾을 수 있다면, 나 역시 그런 삶을 살고 있다고도 믿을 수 있다. 내 삶은 흔들리거나 복잡하지 않다. 나는 물건뿐만 아니라 생활도 정리할 수 있으며, 내가 원하는 것을 잘 알고 선택할 수도 있다는 확언을 진실로 만드는 일 역시 쉬워진다.

우리 집에서 필요 없는 물건을 밖으로 내보낸다고 해서 끝은 아니다. 간결한 태도를 잃어버린다면 다시 집 안은 물건으로 뒤죽박죽될 것이다. 뭔가를 사는 일은 결국 너무 쉽다. 나는 연약한 사람이라, 물건들이 정리된 후에도 다시 원상태로 돌아가 버릴까 봐, 그래서 내가 했던 모든 노력이 헛수고가 될까 봐 두려운 적도 있었다. 심플한 집과 태도를 유지할 수 있을까를 고민하는 건 우리의 몫이다. 감정에 있어서도 마찬가지다. 나쁜 일을 마음에서 내보내야 편안함이 찾아올 공간도 생긴다.

남아 있는 물건들을 내 식구라 생각하며 소중히 대하는 일도 방법이다. 돈이나 물건을 사람처럼 여기는 행동에는 자신이 선택한 물건을 동반자처럼 생각하고 필요할 때 나를 도와주는 개체라고 생각하는 면이 큰 것 같다. 고맙기에 고맙다고 말하고, 소중하게 잘 닦아서 오래 쓰고, 수명이 다하면 조심스럽게 버려서 땅으로 돌아갈 수 있게 배려하는 방식. 사람만이 아니라 물건까지도 기꺼이 신중하게 대하는 태도는 단지 물건을 아껴 다루는 일을 넘어선다. 내 것만이 소중하지 않다. 모든 사람의 힘은 허투루 낭비되어서는 안 된다. 하나의 물건을 보며 이 물건을 만드는 데에 들어간 여러 사람의 노력과 정성을 떠올리는 일이고, 그래서 나에게 오기까지 손길을 건넨 얼굴들을 기억하는 일이다. 그래서 물건을 소중히 다루는 일은 아끼는 행동에 덧붙여서 의미 있게 돌려보내는 행동마저 포함하고 있다. 가끔은 스스로에게 재차 묻기도 한다. 더 예민해질 필요는 없는지, 더 나은 선택은 없는지도.

생활 패턴도 변화했다. 우리는 점점 집에서도, 또 밖에서도 더 간단한 동선으로 움직였다. 집 앞 작은 마트에서 필요한 것들을 조금씩 샀고, 아이들과는 집 앞 놀이터를 가거나 공놀이를 하며 뛰었다. 주말마다 여행 계획을 세우고 새로운 일을 찾아다니면서 지냈던 생활도 물론 좋았다. 그러나 쉼 없이 짜인 계획 속에서 피로했던 것도 사실이었다. 획기적으로 놀지 않으면 뒤처지거나 재미없는 사람이 된다는 암묵적인 시선 말이다. 이제는 주말에 자신 있게 아무 계획이 없다. 우리는 푹 자고 일어나 요리를 만들어 먹으며 심심할 때면 서로의 얼굴을 들여다보며 논다.

심플하고 미니멀한 생활 방식의 가장 좋은 점은 이것이 아닐까? 시간을 얻는다는 점. 우리가 생활 속에서 허덕이지 않고 시간의 주인으로 살아갈 수 있다는 커다란 장점이 있다. 여전히 때로는 불필요한 것들을 사면서 선택에 실패하기도 했고, 회상할 특별한 추억거리를 더 귀하게 여길 날이 찾아올 수도 있다. 하지만 우리에겐 즐겁고 의미 있는 일들을 만들 수 있는 시간이 더 늘어나고 있으며, 거기서 오는 여유가 더 나은 방향이라는 희망도 있었다. 앞으로도 착한 마음들이 제시한 '단순함'이라는 가치관을 더 많이 믿어보려 한다. 유행에는 다 이유가 있으니까.

우리 둘째는 밖을 좋아한다. 집 안에만 있으면 답답해하다가 외출해서 바깥 공기를 쐬면 무척 신나 한다. 강아지 같다. 나가자고 하면 기뻐서 춤을 춘다. 엉덩이를 오른쪽 왼쪽으로 흔들고 한 팔과 한 다리를 한 방향으로 쭉 뻗다가 균형이 맞지 않아 곧 쓰러진다. 그래도 흥에 겨워 다시 일어난다. 나는 부지런히 그 움직임을 눈에 담는다.

토요일 아침이 되면 오빠인 첫째가 둘째에게 그림을 그려주며 아직 잠들어 있는 엄마가 깨기를 기다린다. 배고픔을 달래면서 그림을 그리고, 그러면서 동생도 달래는 말을 잠결에 듣는다. "서안아, 오늘이 무슨 날인지 아니? 토요일이야. 유치원 안 가는 토요일." 잠결에 듣는 그 말은 익숙하고 어른스러운 말투다. 아, 내가 첫째에게 저렇게 말하겠구나, 저절로 알게 된다. 이어서 둘째가 대답한다. "와! 토요일? 놀이터 갈 수 있는 그 토요일? 신난다!"

첫째와 둘째가 함께 있을 땐 첫째가 엄마 같고 둘째가 아기 같다. 첫째와 둘만 있을 때는 내가 엄마 맞고 첫째가 아기 맞다. 그러다 나와 둘째만 있을 때면 둘째가 엄마 같고 내가 아기 같다. 이상하게도 나는 세 살짜리 둘째에게 의지한다는 생각이 자꾸만 든다.

"둘째야, 뭐할 거니?"

"둘째야, 밥 먹을까?"

"둘째야, 어디 갈까?"

첫째에게 "밥 먹자. 밥 먹어라." 하고 말하는 것과 자꾸만 비교가 된다.

둘째가 짜증을 내거나 보채면 "우리 산책 갈까?"라는 마법의 단어를 꺼낼 수밖에 없다. 놀이터를 가자고 말한 뒤에 그녀가

씩 웃는 미소를 보고 싶어서 자꾸만 자꾸만 그 말을 더 하게 된다. 어쩌면 둘째를 구실로 삼아 산책을 가고 싶은 건 정작 나인지도 모른다. 내가 잠시 마음속으로 어디로 걸어갈지를 계산하는 사이 둘째는 이미 현관 앞에 가서 신발을 신고 나를 향해 손짓한다. 이리 오라고. 가까이 오라고 공기를 움켜쥐듯이 손가락을 까딱까딱하며 같이 가자고 한다. 나는 엄마를 따라가는 아기처럼 말한다. "응응, 갈게, 기다려." 한다.

밖으로 나오면 이제부터 주도권은 그녀에게 있다. 멈춰, 가. 잠깐만. 내가 할게. 이거. 아냐. 바쁘게 움직이는 둘째를 눈으로 좇으며 지켜본다. 그러다가 아뿔싸, 발견했다. 우리 둘째가 절대로 지나치지 못하는 그곳, 자갈밭을.

"우와!"

유모차에서 벨트를 풀고 내려주면 그 자리에 쪼그리고 앉아 한참을 돌멩이들을 만지작거린다. 둘째의 눈이 빛난다. 줍는다는 표현이 잘 어울리지 않는다. 요모조모를 살피며 자신의 기준에 합당한 자갈들을 고르고 고른다. 이건 되고, 이건 안 된다. 이건 챙기고, 이건 둔다. 신중하게 채소를 고르는 엄마들처럼 잘 챙겨 유모차 바구니에 담는다. 차락, 차라락, 둘째가 자갈을 밟으며 기우뚱기우뚱 속도가 더디게 걸어간다. 파도가 자갈 사이를 빠져나가는 소리 같다.

자갈 고르기에 한참 빠진 둘째를 기다리며 슬쩍 딴생각을 한다. 하릴없이 스마트폰을 잠시 꺼내기도 하고, 매트를 깔고 피크닉을 즐기는 커플들을 둘러보기도 한다. 링을 던지면 귀여운 강아지가 달려가 물어오는 장면을 흐뭇하게 즐기기도 한다. 예상치 못한 잠깐의 혼자 있는 시간은 달콤하여 끝나지 않았으면 싶지만, 그래도 엄마 노릇을 아예 잊은 것은 아니다.

지는 해가 보이면 어쩐지 마음은 더 조급하다. 운동장에서 무작정 뛰어놀다 주변을 둘러보니 친구들이 없어진 걸 깨달은 어린아이가 된 것 같다. 집에 돌아가 무얼 해야 할지 하나둘 헤아려본다. 가서 밥도 해야 하고, 목욕도 해야 하는데 늦었다 싶어지면 놀고 있는 둘째에게 엄마인 내가 먼저 보챈다.

"이제 가자."

그러나 둘째는 아직도 자신만의 유희가 끝나지 않았다.

"어휴……."

한숨이 나온다. 청혼할 때 돌멩이를 물어다 준다는 돌고래처럼 우리 둘째의 눈에도 이 돌멩이들이 보석으로 보이기라도 하는 것인지.

갑자기 둘째가 저만치 빠르게 걸어간다. 내가 묻는다. "어디가?" 둘째는 대답도 없이 저쪽에서 한 움큼의 흰색 자갈을 양 주먹 가득 줍고 있다. 빨갛게 물들어가는 하늘 덕분에 자갈 쇼핑을 마무리해야 하는 둘째도 덩달아 마음이 급해진 것이다. 둘째가 모아놓은 돌멩이 탑을 본 나는 난감한 마음으로 묻는다.

"이거 다 가져가려고?"

"네……. 이쁘지?" 희미하게 대답하며 배시시 웃는다. 나는 그녀를 실망시키고 싶지 않다. 그래서 기다린다. 기다렸다가, 기다렸다가, 둘째가 한눈을 파는 사이 몰래 자갈들을 하나둘씩 제자리에 내려놓고 온다. 자갈들을 가져가면 무거워서라기보다 원래 그 자리에 존재해야 하는 까닭이다. 결말을 이미 알고 있는 관객처럼 나는 작고 동글동글한 자갈들을 끊임없이 고르는 둘째가 애처롭다. 그럼에도 그 마음을 이해할 수 있기에 지켜본다.

예를 들어 자다가 눈이 떠지면 시계를 확인하고 몸을 일으킨다. 어둑한 방 안에 눈이 익숙해질 때까지 잠시 기다렸다가 이불에서 나온다. 어지럽혀진 거실을 지나 책상으로 가다가 문득 피식거리는 웃음이 난다.

누가 알까.

고독하다는 게 뭔지 정확히 알 수는 없지만 벽의 스위치를 켜며 이런 게 고독한 게 아닐까 생각한다. 아무도 모르는 새벽에 책상에 앉아 이야기를 쓰는 일이 어느 순간 고독하게 느껴지기 때문이다. 절대 하지 못할 거라고, 너는 아름다운 이야기를 쓰지 못할 거라고 내가 나에게 이야기한다. 곧 다시 아니라고, 어떻게든 완성된 이야기를 쓸 거라고 이야기한다. 내가 나에게 다시, 다시.

작아지려는 나를 접어 못 본 척 호주머니에 넣고 한 글자씩 천천히 흰 화면을 채워나간다. 오늘 할 일이 이것뿐인 것처럼 내가 무엇을 보았고 들었는지를 적는다. 담요를 들추고 보물 상자를 발견할 것처럼 소중한 순간을 찾는다. 손가락으로 흙을 털어 무엇이 나올 때까지 살살 쓸어본다. 아주 깊숙한 곳까지 숨어버린 무언가를 더듬고 헤아리며 이게 뭘까 궁금해한다.

도대체 글을 쓰는 일들이 어떤 의미인지 역시 아직은 제대로 설명하지 못할 것 같다. 그러나 조금은 알 것 같기도 하다. 그 마음을, 그저 '나의 눈으로 기억하고 싶다'는 설익은 말로 적어본다. 하루에 일부분을 떼 내어 사랑하는 사람들과 보내지만, 다 기억하지는 못한다. 다 아름답지도 못한다. 우리는 같이 있으면서도 또 각자 있고, 현실은 고단하기 때문이다.

그럼에도 불구하고 아름답게 기록하고 싶은 것들이 있다. 아니, 아름답게 기록해야만 할 것들이 있다. 내가 기록해야 할 것들은 적지 않으면 사라지는 것들이다. 둘째가 어눌하게 발음하는 귀여운 소리들이나 첫째가 아기에서 어린이로 매일 자라나는 부지런함이다. 또는 하늘에서 손바닥이 내려와 꾹 누른 것처럼 푹 꺼진 엄마 정수리 부근의 머리칼이나, 승천하는 용처럼 삐쳐 올라가 가만있어도 무섭게 보이게 만드는 아빠의 눈썹 같은 작고 세세한 것들이다.

그런 일들을 잘 쓰고 싶다. 찰나를 기억하기 위하여 내가 사랑하는 순간들을 꺼내어 모아보려 한다. 둘째가 돌멩이를 모으듯 나는 나에게 반짝반짝 빛나는 순간들을 모아 잘 엮어 목걸이를 만들어야지, 꽃을 만들어야지, 우리 소중한 둘째에게도 보여주어야지. 마음을 굳게 먹는다. 이 동그랗고 예쁜 돌멩이들을 고르고 골라 보석으로 만드는 일을 나의 엄마 같은 둘째에게 배운다.

남들에게는 작고 구별하지 못할 정도로 엇비슷한 돌멩이들 사이에서 나의 이야기를 발견할 수 있을까? 내가, 과연 할 수 있는 일일까? 스스로에게 물어보며 질문을 마음에 담아두었다. 질문은 자꾸 떠올랐지만 정작 거기에 답을 해준 건 쪼그리고 앉은 둘째의 등이었다. 그녀는 열심히 자기 몫의 돌멩이를 발견하며 고르고 아끼고 남기고 버리며, 내게 그저 시간이 되고 눈에 띌 때마다 모아놓으라고. 그리고 또 모으고 쓰고 모으고 쓰고 하라고 말해주었다. 얼마만큼의 자갈들을 골랐는지, 까마득하게 놓쳐버린 것들은 어떻게 해야 하는지도 모두 말해주었다. 자신이 하는 것처럼 볼 때마다 부지런하게 고르고 쓰는 것 말고는 다른 방법이 없다고 했다.

나는 알겠다고 고개를 끄덕거렸다. 삼십 년쯤 먼저 살아본 엄마에게 스무 살 갓 어른 된 아가씨가 충고를 듣듯이 "알겠죠. 엄마?" 하는 물음에 무조건 "알았다"라고, "그렇게 하겠다."라고 대답했다. 잘 몰라도 다 아는 것처럼 순진한 눈으로 나의 아기를 보았다.

에필로그

어른의 조건

엄마가 다쳤다는 소식을 들은 건 그날 퇴근하고 나서였다. 야근을 하고 돌아오는 길에 우리 집 구 씨의 전화를 받았다. 당장 엄마에게 전화를 걸었는데 엄마는 도리어 웃으면서 "야, 놀라지 마라." 하는 거였다. 엄마의 웃음에 안심이 되었다. 그래도 혹시나 묻는다. "얼마나, 어디가 다쳤는데?!!"

엄마는 힘든 일을 겪으면서도 자주 웃는다. 내가 걱정할까 봐 그러는지는 안다. 그럴 때마다 안심이 되기보다 화가 나는 건 이상한 일이다. "아유, 턱 조금 하고, 팔꿈치 약간." 엄마는 '조금'과 '약간'을 강조하다 말고 이야기를 풀어놓는다.

"내가 둘째를 어린이집에서 데리고 오는데, 저것이 그러는 거야. '할머니, 이 길로 따라가면 제가 제일 좋아하는 놀이터가 나와요. 저만 따라와요.' 말도 어쩜 그렇게 예쁘게 하는지. 가서 신나게 놀고는 힘이 없으니 업어달라고 하더라. 한참 오다가 집이 저만치 보이는데 턱에 걸려 넘어졌지 뭐냐."

내 머릿속에서 자동으로 연상되는 건 둘째가 다쳤는지의 여부였다. 자책하면서 뒷이야기를 기다렸다.

"넘어졌다가 정신을 차려보니 눈앞에 희미한 게 있어. 어떤 아기 엄마 둘이서 나를 이렇게 내려다보고 있더라. '구급차 불러줄까요?' '우리 아기는 어디 있소?' 하고 찾으니 '옆에 쪼그리고 앉아 있어요.' 해. 쳐다보니 벤치에 멀쩡하게 앉아 있더라. 세상에, 하늘이 도왔지. 하나도 안 다쳤더라. 나는 내일까지 지켜보련다."

허탈하게 나는 집으로 돌아왔다. 엄마가 아픈 일이 나는 두렵다. 엄마는 혼자 아프기 때문이다. 딸에게 피해가 될까 봐 엄마는 혼자 앓는다. 나는 그게 마음이 아프다.

엄마는 이전에도 한 번 넘어진 적이 있다. 그때 엄마는 잠이 부족했다. 과로했고, 그 와중에 나와 아기를 위해 토마토를 사러 가다 바닥에 툭 튀어나온 돌부리에 넘어졌다. 나는 엄마 얼굴이 피투성이가 된 걸 보지도 못했다. 나중에 마트 주인께 전해 들었을 뿐이다. 엄마가 며칠간 연락이 없을 때에도 바빠서 그런 거라고 오해했을 뿐이다.

너무너무 미안한데, 엄마가 그저 괜찮다고 별일 없다고 웃기만 할 때는 내가 아주 먼 사람 같다. 엄마로부터 아주 멀리 존재하는 상관없는 사람 같기만 하다.

넘어질 때 잠시 정신을 잃었다던 엄마와 병원을 오가며 씁쓸했다. 내 사정을 알고 있는 좋은 분이 엄마가 빨리 낫기를 바란다고 과자를 보내주셨지만 열어보질 못했다. 문득 떠오른 건 '센과 치히로의 행방불명'이라는 애니메이션이었다. 이제는 고전이 되어버린 이 만화에서 간직한 장면은 두 가지다.

그중 하나는 치히로의 부모님이 돼지로 변하는 장면이다. 치히로는 어쨌든 나중에 부모님을 구해낸다. 그 장면을 왜 그토록 기쁘게 기억하는지는 잘 모르겠다. 그 애니메이션을 보던 시절에 형편이 몹시 안 좋았는데, 나도 센이 되어서라도 부모님을 구할 수 있다면 좋겠다고 생각했는지도 모르겠다.

이 와중에 치히로를 도와주는 하쿠라는 존재가 있다. 가장 힘든 순간에 하쿠는 치히로에게 삼각 김밥을 건네준다. 센은 삼각 김밥을 먹으면서 엉엉 운다. 그 장면에서는 영락없이 나도 같이 운다. 홀로서기가 쉽지 않다는 걸 새삼 다시 알게 되기 때문이다.

이제는 아무리 부모와 자식 사이라 하더라도 누가 누구를 구할 수 없다는 걸 아는 어른이 되어버렸다. 열심히 신사를 달려 다니는 센을 바라보면서 더 이상 응원하지 않는다. 대신 "너무 애쓰지 마."라고 짠하다는 식으로 중얼거리는 것이다. 나는 나의 몫으로, 부모님은 부모님의 몫으로 살아가는 건 당연하다는 듯이. 기억과 위로는 훗날로 미루고, 지금 곁에서 나를 기다리고 있는 수많은 일들을 바라본다.

비로소 엄마가 괜찮다는 걸 확인한 다음에야 도착한 과자를 열 수 있었다. 펑리수였다. 조심스럽게 포장을 벗겨 한참 바라보다가 조금 베어 물었다. 우물우물 씹으니 눈물 같은 게 찔끔찔끔 배어 나왔다.

사랑하는 사람을 지킬 수 없는 일이 때로 절망을 준다. 동시에 그 절망 때문에 좀 더 잘 살고 싶어지기도 한다. 결국은 자기를 지키는 일이 사랑하는 이를 구원할 수 있기 때문일 것이다.

그날의 나에게는 펑리수가 하쿠의 주먹밥처럼 느껴졌다. 그런 위로를 받는 날에는 잠깐이라도 누군가가 다정하게 나의 슬픔을 방해해주길 바라게 되는 것 같기도 하다. 그런 바람을 부끄럽게 여기지 않아도 될 것 같기도 하다.

어떤 날에는 내 곁에 있는 가족들이 모두 떠나버린 상상을 한다. 지금은 내 곁에 있지만 내 곁에 있는 게 당연한 일은 아니기 때문이다. 이 사람들이 내가 모르는 어딘가로 사라질 수도 있다는 생각을 하면 벌써부터 가슴이 아프다. 아무렇지 않게 받아들여질 거라고 아무리 해도 생각할 수 없다. 그나마 내가 약간이나마 강한 사람이 되어가고 있다면 그건 곁에 있는 사람들이 오래도록 나를 지탱해왔기 때문일 것이다. 그 힘으로 나는 아무것도 할 줄 모르는 철없는 사람에서 더 용기 내어 조금씩 멀리 갈 수 있는 사람이 되었다.

이제는 그 용기를 나누어주는 사람이 되고 싶다. 다수의 사람들에게 받은 불특정한 호의 속에서 내가 얼마나 약한 사람이었는지, 그리고 또 얼마나 씩씩하기도 했는지 알 수 있다. 우리의 일상은 잔잔하거나 거세게 일렁일 수 있겠지만 그 모든 경우를 감싸 안을 수 있었던 너그러운 마음만은 할 수 있는 한 오래도록 기억하려 한다. 그 마음이 결국엔 나도 구원할 수 있다는 걸 믿는다.

2023. 1.

박태이 드림